巴金先生诞辰
一百二十周年
纪念版

巴金

著

上海文艺出版社

李大海

目录

★

朝鲜的梦（代序）/ 001

副指导员 / 001

回　家 / 032

军长的心 / 055

李大海 / 091

再　见 / 118

团　圆 / 147

《飞罢，英雄的小嘎嘶！》/ 211

后　记 / 255

朝鲜的梦

（代序）

这几天上海的天气特别热。我也曾在朝鲜的村子里度过炎热的夏天，看见窗前篱墙外高耸的白杨，我就想起朝鲜的一草一木。在好些炎热的或者凉爽的夜里，我坐在不开灯的小吉普车上，经过两旁长着白杨树或者开花的栗子树的公路，在这个美国千万吨钢铁所炸不断的交通线上，我闻到了草木的清香。这是八年前的事情。可是听见似乎不知道疲倦的知了叫或者敲鼓般的蛙鸣，我觉得好像还住在朝鲜的乡村里一样。

八年来我不知做过多少朝鲜的梦。到现在还有一股强大的引力把我的心拉向那个英雄的国家。我们中间有许多人谈起在朝鲜的那段生活，就会有昂扬的心情。我想到那些令人兴奋的日子，也觉得自己生活里有了更多的光彩。谁不曾在朝鲜洗过冒热气的温泉，喝过清凉的溪水！但是不少的人有这样一种感觉：那里有一个仙泉，在仙泉里洗了澡，即使不能脱胎换骨，至少可以洗掉一些思想中肮脏的东西。在朝鲜谁不曾看见美国汽油弹所引起的大火、敌人炸弹和炮弹所毁坏的生命和房屋而愤慨万分！在斗争最尖锐、爱憎最鲜明的地方，我们的心都受着煎熬，有一些自私的东西渐渐地化成了灰烬。我怎么能够忘记那些可纪念、可宝贵的日子！我怎么能不怀念那个时期的生活！我怎么能不反复地重温朝鲜的梦！

在我那无数的梦里总有一个白衣白裙的身形。每逢我静下来回想朝鲜的生活，我就会看见穿白衣白裙的"母亲"或者"嫂子"。至今紧紧地系住我的心的正是这些朝鲜的"阿妈妮"[①]。不论是在炎热的夏天，或者积雪三尺的严冬，不论是在穷苦的乡村或者中立区的开城，多少朝鲜的母亲把我当作亲人

---

① 阿妈妮：朝鲜语，即妈妈。

一样。她们不仅让我有遮风挡雨的地方,给了我种种的方便,而且耽心我受冻,早早地烧好了地炕;更不用说,她们常常关心地嘘暖问寒。哪怕是在破旧的茅屋里,我也有住在自己家中的温暖感觉。每一次我跨进一个人家的木门槛,走到擦洗得很干净的木廊前,并不需要讲什么话,白衣白裙的阿妈妮就带着慈祥的笑容欢迎我,好像母亲在接待她久别归来的游子。我离开一个地方,用辞不达意的简单语言,向相处几天的阿妈妮告别的时候,从细小的眼睛里滚下来的泪珠和起皱纹的脸上又哭又笑的表情常常引出了我的眼泪。有一次我在一位老大娘的家里住了一个多星期,回到附近的城市以后,无意间在街上遇见老大娘的小孙子。第二天老大娘就走了将近二十里路,来看我是不是住得舒适、活得健康。我还记得八年前一个秋凉的深夜,我们的吉普车跑过了好些炸空了的城市,在明德里加油站旁边一棵大树下停下来,疲乏不堪的司机同志敲着附近人家的门,一位头发花白的阿妈妮看见我们,就笑着说:"请进来。"好像我们都是她正在等待的亲人。她给我们腾出来一大块地方,一定要我们把铺盖卷拿进去摊开休息。第二天我们怀着谢意向女主人告别，她握住我们的手絮絮地讲个不停，无非要我们在路上小心，问我们什么时候回来。……像这样的事我岂止经历过八件十件！到过朝鲜的同志谁不曾遇见八个十个亲似母亲的阿妈妮！有一天起雷英雄姚显儒对我讲到他的经历。他到朝鲜不久便让敌人炸伤了左脚。人们用担架抬着他，经过一个地方，在一位老大娘的家里休息。老大娘做饭给他吃。同志们抬他到山上去躲警报，老大娘也跟着担架上山照料他。后来担架离开那里往后走的时候，老大娘拉住姚显儒同志的手，送他走了好几里路，还不肯回去。姚显儒同志养好伤重上前线，就再没有见到这位朝鲜的母亲。他谈起她来，眼睛里还闪着泪光。我虽然不曾有过起雷英雄那样的经历，但是我却有同样深的感情，同样深的怀念。我越是爱朝鲜的阿妈妮，就越是恨那些破坏她们幸福生活的美国强盗。

好几年我没有听到"阿妈妮"这个称呼了。可是在书报上见到这样的三个字，我就仿佛坐在干净的木廊上听老大娘讲话，看老大娘纺线，或者在院子里看年轻的志愿军同志帮老大娘舂米，跟老大娘谈笑，听他们亲热地连声唤"阿妈妮"，或者站在一个农家的门前，望着灯光摇晃的临街纸窗，听老大娘和嫂子们齐声念朝鲜文："我们国家，民主朝鲜……"；我就仿佛生活在朝鲜人民中间，生活在友谊的海洋中间；我就仿佛看见许多双慈母的眼睛殷殷地望着我，听见充满感情的声音接连地说："再来啊，再来啊！"我才知道这些年我的心并不曾离开朝鲜，并不曾离开那许多像母亲一样爱护过我的阿妈妮！

我在朝鲜住的时间并不长。然而我带回来的友情却是无穷无尽的。在那些日子里，好像整个北朝鲜都是我的家，在任何地方我都受到亲切的招待，阿妈妮比得过我的母亲，孩子们叫我"叔叔"，年轻人称我为"同志"，中年妇女好像都是我的嫂子。语言的隔阂并不妨碍我们彼此的了解。一次简单的招呼就唤起生死不渝的感情。不管美国飞机疯狂的投弹、敌人大炮盲目的发射，朝鲜的阿妈妮仍然活得很坚强，很勇敢，而且充满那么深厚的感情和那么乐观的精神。那些时候在朝鲜的城市和乡村里从来没有断过歌声和笑声。我们坐着车子在敌机威胁下跑过公路和山沟的时候，大家都有一种非常安全的感觉：谁都知道有许多人愿意为自己交出生命，自己也愿意为许多人献出一切。我的确深切地感到我们和朝鲜父母、兄弟、姊妹中间血肉相连的友谊。

中国人民志愿军全部撤回祖国也有两年了。我没有机会看到那些动人的分别场面，可是人们含着眼泪对我谈起他们在朝鲜的"母亲"。也有人跟我一样不断地做着朝鲜的梦。我们在梦里常常看见朝鲜人民和平建设的幸福生活。尤其是像我这样同阿妈妮共过患难的人，我多么希望听见她们幸福的笑声，看见她们欢乐的舞姿。金日成首相称朝鲜的妇女为"英雄的妇女"。朝鲜的阿妈妮能够忍受绝大的痛苦，却不肯在敌人面前落一滴眼泪。可是为了志愿军，她们会哭得、笑得像孩子一样。我知道这么一件事情：有一天美国飞机轰炸了一个小县城，不少的人牺牲了。第二天几位老大娘和大嫂子还走到二十里以外去慰问中国人民志愿军，和部队同志们共同欢庆我们的国庆佳节，她们有说有笑，又歌又舞，好像不曾遭遇灾祸一样。这样的妇女的确是英雄的妇女，是美帝国主义所不能战胜的。她们给战争中的朝鲜添了多大的战斗力量,她们也一定会为和平建设时期的朝鲜驾起千万匹千里马向前飞奔。

今天的朝鲜跟八年前的朝鲜完全不同了。一座一座花园一样的社会主义城市在废墟上建设起来。荒凉的乡村里也出现了现代化的工厂和学校。人们用忘我的劳动把祖国建设得比战前更美丽、更富强。千千万万的阿妈妮不仅享受到家人团聚的幸福,也有充分的机会把自己的力量贡献给国家。……

我的朝鲜的梦是做不完的。梦景越来越美。我甚至梦见了和平统一的朝鲜,梦见了共产主义的朝鲜……可是在任何时候,不论是梦中或者梦醒,我都听见一个同样的声音,那就是八年前充满友情的声音:"再来啊!再来啊!"

不论是梦中或者梦醒,我都用同样一句话回答:"我一定要再来!"因为中朝两国人民的友谊是斩不断、分不开的。不论是梦中或者梦醒,我都带着感激的怀念遥祝千千万万的阿妈妮身体健康,幸福无量。

1960 年 7 月在上海

★
副指导员

一

朝鲜停战协定签字以后,我到志愿军××部去进行采访工作。我在某团第一营的一连和二连住了一个时期,后来又到了三连的连部。连长和指导员都到团部学习去了,只有一位二十四岁的副指导员当家。副指导员名叫张强,他陪我住在山上从前搭的一个掩蔽部里,白天却在掩蔽部左面坡上那个简陋的住室里办公(那里是连长、指导员办公和睡觉的地方)。其实他在办公室的时间并不太多。排里、班里一天断不了他的脚迹。这一班修建新住室,那一班搭新炕，战士们一边说笑话，一边劳动，这里那里都少不了副指导员。电话机装在坡上那间办公室里，电话铃常常响，老是要副指导员接电话。他一天从早忙到晚，却忙得十分高兴，那张丰满的长脸上老是带着笑容。

某一个上半天，他和二班的战士们一起搬石板、石块和石片，一层一层地砌着地炕，不小心擦破了胳膊皮，却带着笑自言自语："我的肉不结实。"我正走到那里，听见他这句话，就含笑问他："副指导员，你说谁的皮肤比你的更结实?"恰恰在这个时候通讯员小周跑来请他去听电话。他把手伸到军帽下面搔着光头，说了一句："这真抓瞎!"接着笑了笑，就跟着小周走了。

"我们的副指导员一定要活一百岁。他浑身是劲。越是劳动得多，越是工作忙，他越高兴，"那个年纪不到三十、身材短小的二班长正在砌炕边，带笑地说道。

一个二十多岁的四川战士在旁边上泥，就接下去说："跟副指导员在一起劳动，你不会觉得累。不管工作再多，再苦，他总是高高兴兴的。班长，你说他哪一天不是笑嘻嘻的？就是那回他救出金老大娘来，手都烧伤了，他回来还有说有笑，总说：不痛，不痛！"

二班长点点头。过了两三分钟，他忽然抬起头来说："我想起来了，有一回，就是头一次打了黑山包下来，他几天不曾笑过。"

四川战士听见这句话，便收起笑容，短短地说："那回不同，那回大家都难过啊。"

二班长继续砌炕边，一面自言自语："我说，炕比炉子还好，炉子烧到半夜火一灭，一样挨冻；炕只要烧好了，睡一夜不成问题。"他就把话题岔开了。

四川战士听见他这样说，又搭腔道："班长，你好好地砌罢，把它砌严。现在一马虎，将来漏烟呛人，你负责。"

二班长笑了笑，望着他说："小李，刚停战的时候，你还想回国呢。怎么，现在想通了吗？"

"班长，你说人的思想就一成不变吗？从前我那样想，现在我不那样想了。美国鬼子还在南朝鲜捣乱，天天破坏停战协定，现在喊我回国，我连饭都吃不下！"四川战士有点不服气地答道。大家都笑起来了。

讲话的自然不仅是二班长和四川战士。我站在这里听了一阵。战士们劳动得十分愉快。不到多大一会儿功夫，地炕就要砌好了，可是副指导员还不曾回来。我忽然想起教导员在营部等我去拿材料，便离开了这些"有说有笑"的战士，一个人往山下走去。

在营部我不但借到了自己需要的材料，还有机会向营长和教导员提出一些问题，并且得到了他们详细的解答。他们殷勤地留我在那里吃了晚饭。我回到三连连部，站在我住的那个掩蔽部门前小平台上抽烟休息。月亮刚刚从东面山头升了起来。这一轮金黄色的大圆月好像是一面铜镜；青灰色的天空中还有一抹浅红。掩蔽部背后好几棵大树上知了一直叫个不停。从右面坡上那个新平出来的小操场，送过来手风琴的声音。我知道战士们又在练习跳舞了，便把眼光移向那里。我看见浅黄色的制服在绿树丛中转动，又听见年轻人的笑声。我出神地望着那里，望了好一会儿。我有一种又轻松又愉快的感觉。

"我听见音乐就着急,我学过跳舞,"副指导员的熟悉的声音忽然钻进了我的耳朵。我转过头看山下。他正从下面走上来,在他的背后跟着先前在下面砌炕边的二班长。二班长并不搭腔,不过短短地应了一声。副指导员抬起头,他那发亮的眼睛看见了我。他带笑地大声说:"××同志,你回来了!"

"我才回来,"我笑答道,顺口问一句:"副指导员,你不去跳舞?"

他笑笑,就走上坡来了。"我还有事,"他答了一句。

"听说连长、指导员都要回来了,"我又说。

"星期天回来。他们回来就好了,这几天真抓瞎!"他说着,又把手伸到军帽下面搔了两下。接着他侧头对二班长说:"我们走罢。"两个人就走过我身边到上面办公室去了。

二

我仍然站在这个小平台上。战士们还在小操场跳舞。山脚下那一排白色平房前面空地上，移动着五颜六色的衣服。我知道村子里的朝鲜小姑娘们在跳舞唱歌。但是我只能看出衣服的颜色。仿佛天空中撒下了一道浅灰色的网，把整个山下都罩在网里。我看见那些平房里亮起了灯光。在我的右面忽然响起了洪亮的歌声，战士们唱着《我是志愿军》从小操场跑下山去。

我的思想好像跟着这些年轻的声音在往山下跑，跑到半山就停了下来，因为声音突然分成三股，往三个不同的方向散开了。

"战士们回到班里去了，"我感到亲切地自语道。四周相当静。有一点虫声，有一只蛙在叫，还有断断续续的两三声蝉鸣。我眼前那个灰色的网早已变成浅黑，连山下的白屋也看不清楚了。

"××同志，你一个人在这里！"副指导员的充满喜悦的声音在我左边响了起来，我没有注意到他是什么时候走下来的。

"副指导员，二班长走了？"我问道。

"班里有事，他回去了，"副指导员答道。

"这里真静，下面村子里老乡也不多，"我又说。

"现在老乡们都回来了。他们的生活渐渐好起来了。……"副指导员用关心的调子说;"两个多月前这里可不静啊。就在停战前一天,下面还落过弹。"

"伤人没有?"我连忙问了一句。

"一位老大爷牺牲了;老大娘受了伤,现在已经治好回来了。房子烧光了。那几间白房子还是停战以后修起来的。朝鲜老乡真坚强!"副指导员的眼里忽然闪起了火花。

"山下面那个金老大娘就是我们副指导员救出来的,"通讯员小周从上面下来,站在旁边听我们谈话,便插嘴说。

我听见人谈起朝鲜的老大娘,眼前就现出多少白衣白裙的身形、多少和善的面孔同慈祥的笑容。她们的痛苦像火一样烧着我的心。我愤怒地骂了一句:"美帝国主义真是禽兽!"

"你说得对。只有在朝鲜住下来,才明白美国鬼子给朝鲜老乡带来多大的灾难!"副指导员点头说,他把军帽揭下来,接着又把它戴回到光头上去。"那个时候我们只有一个排住在这里。我是排长。我们的战士经常帮老乡们做点工作。金老大娘对我们特别好。她丈夫有病，睡在家里。她只有一个儿子，参军以后便失掉了联系。就是在停战前一天，敌机来了，又投弹，又扫射。房子马上烧着了。我带一个班去救火，烟熏得人睁不开眼睛。金老大爷牺牲了。老大娘奔回家来，发狂似地嚷着，直往火里扑，拦都拦不住。我跑进火里去找她。我看见她歪歪倒倒，舞着胳膊保护自己的眼睛。衣服也烧着了。她一直在叫她的丈夫，声音都叫哑了。我奔过去抱住她。她拚命挣扎。我好不容易将她拖了出来。她在火里还乱打乱踢，等到救出来认出了我，她抱住我大哭。我心里也很不好过，好像看见自己母亲受难一样。她的腿、她的胳膊都烧伤了。"

"你呢?"我问了一句。

他揉了揉眼睛，淡淡地答道："我的伤很轻，很快就好了。不到十天老乡们修建新房子，我们也去帮了忙。老乡们很高兴，都说，旧的烧掉新的来，新的比旧的更好、更漂亮。我也想，尽管你美帝在停战以后还不断地捣鬼，可是你总毁不了朝鲜人民的幸福生活……"

副指导员愈谈愈兴奋，他还谈了一些话。这中间,小周离开了小平台又走了回来。月亮已经升在无云的高空。知了休息了,小虫却起劲地唱出欢乐的歌声。风吹在我穿单军服的身上使我感到凉爽、舒适。三排长来了。副指导员便结束了谈话,同三排长一起到坡上的办公室去了。

三

我走进掩蔽部,点燃了洋烛,在桌子前坐下来,翻看从营部带回来的材料。

这都是英雄们立功的事迹。功臣并不限于三连。有几个功臣我已经访问过了。还有一些我尚未见到,也有三四位是牺牲后追评的。材料不是一个人写的,一部分写得相当生动,另一部分就显得潦草。而且整个抄稿上的字迹歪歪斜斜,看起来有些吃力。我一边慢慢地看,一边慢慢地把这些英雄事迹摘抄在我的笔记本上。烛光摇晃得厉害,我写一阵,就得放下笔揉揉眼睛。

"××同志,你还不睡?"副指导员走进来,亲切地说。

"现在还早,我抄点材料,"我放下笔,答道。

他就在方桌的另一面坐下来,埋着头望了望我面前的材料,大声说:

"郭永章,这是个好同志。第二次打黑山包,就是靠他炸垮了敌人的大母堡,才拿下来的。你什么时候有空,我找他来跟你谈谈。"

郭永章是二班长的名字。我还不曾看完他的事迹,只知道他是在拿下黑山包的战斗中立了二等功的,便指着材料对副指导员说:"我的确想找他谈谈。材料我刚刚看到头一段,全篇也不过一千多字。"

"这是我们的文化教员写的。当时上级催得紧,郭永章又不肯多讲自己的事,所以写得简单些。"他说到这里,就站起来,说:"你还是早休息罢。我要到郭永章那个班去一趟。有个战士发疟子,我去看看。这几天发疟子的人又多起来了。"

副指导员走出掩蔽部以后,我开始摘抄二班长郭永章的立功材料(他立功的时候还只是普通的战士)。我在材料中看到另一个名字:张林。据说郭永章那次冲锋的时候,大声喊着:"同志们冲啊!替张林报仇！"然而张林同志的事迹并不在这份材料上。我抄完材料，副指导员还不曾回来。我知道他可能各排各班都去过了。我本来想等他回来，请他谈谈张林的事情，可是我又耽心会妨碍他的工作。而且时间不早了，战士们应当熄灯睡觉了，副指导员回来，也应当休息了。所以我放好材料和笔记本，就吹灭了洋烛，躺在那个铺了稻草和雨布、再盖上白布单的土台上睡了。

我睡到半夜，忽然惊醒起来。漆黑的屋子里亮起一股白光。我看见副指导员站在我这个当作床用的土台前面。我呆了一下，副指导员亲切地说："××同志，晚上很冷，我给你盖件大衣。"我连忙说："我不要，我不要。"我看见他身上穿的仍然是那件单军服，便问一句："你还没有睡？"他含笑说："我已经睡了一会儿，刚才出去查过铺。外面很冷。我把大衣脱下来给你盖上，想不到把你吵醒了。"原来夜已很深了。我说："我不冷，你拿回去罢。"可是他已经收起电筒走开了。他就睡在旁边那个较小的土台上。不到几分钟的功夫，我听见了他的鼾声。

四

第二天早晨我走出掩蔽部，看见副指导员蹲在屋前小平台上洗脸。他站起来，跟我打个招呼，放好脸盆，就下山去了。我立在掩蔽部门口，望着他的背影往下转来转去，一下子就不见了。山洼中一片白雾，山下的村子也看不到了。我朝远处望。有一座山头只剩了一个顶，别的几座山尖都飘着雾。雾愈来愈浓，只见满山白烟，仿佛前面就是白茫茫一片大海。

我洗了脸。面孔圆圆、鼻头平平的小周从办公室里走下来，给我打个招呼，就朝通右面山坡的小路走去。过了一会儿，他从炊事班那里端来了一碗豆浆，放在那张用木箱做的矮桌上。我在一个用木板和空罐头做的小凳上坐下，喝着冒热气的豆浆，跟小周谈了几句话。我看见左边和对面的山头都罩上了阳光，雾在发亮，在移动，在消散。知了开始大声叫起来。小周打扫了这个小平台。我把昨天从营部借来的一叠材料拿出来在小平台上翻看。

"那么就让他们五个人去罢,换两个人去打草也行,"副指导员说着话走上来了。走在他后面的是文化教员。我知道他们在商量选拔文娱骨干到营部去的事情。他们很快就谈定了。文化教员走到我面前,看见我刚才放在矮桌上的材料正摊开郭永章事迹的那一页,便带笑说:"材料写得太差,我不会写,请你指教啊!"

我把眼光移到材料上,在那里停留了片刻,忽然想起了昨天晚上的那个疑问,便说:"教员,你不必客气。我正要请你谈谈张林的事迹,我在这份材料上找不到。"

文化教员停了一下,才答道:"张林的材料大概拿到团部去了。"接着他又望一下副指导员,说:"你还不如请副指导员谈谈。他很清楚。他们是一家人。"

我感到意外地看了副指导员一眼。他伸起右手到军帽下面搔了搔他的光头,说了一句:"他是我的哥哥。"

我愣了一下,倒是副指导员爽快地说了:"今天晚上抽个时间扯一扯罢。"

我只说了一句感谢的话,也就不再提张林的事情了。

五

这天下午三点一刻钟,我和副指导员、文化教员、通讯员小周在小平台上吃晚饭。副指导员吃得很快,我还不曾添饭,他已经放下碗了。他站起来,笑着对我说:"××同志,请你在家里等我一会儿,我回来就跟你扯我哥哥的事。"

他并没有让我等多久,过了半点多钟就回来了。他坐在小凳上喝了大半茶缸的凉开水,解开军服的钮扣,道歉似地带笑说:"对不起,教你等久了。"他从右边裤袋里摸出一个笔记本翻了一下,接着又把它放了回去。他抬起头说:"我不看本子,随便扯扯罢。"

"张林是我的亲哥哥。我们弟兄自小在地主家干活,挨打、挨骂、受冻、挨饿。解放后斗了地主,分了地。我们弟兄一块儿报名参军,一块儿到朝鲜。我们都分配在三连,他当战士,我在连部当通讯员。

他立过几次功，当了班长。他在一排一班，我后来到一排二班当副班长。第一次打黑山包的时候，本来要调他到师里去学习的，因为战斗任务重要，他要求留下来，上级也就同意了。他很高兴，起劲地进行准备的工作。每天天还没亮，全班的人都起来了。大家练习爬山，演习进攻。战士的动作要是不合要求，他就耐心地纠正，并且做出示范的动作给大家看。在休息和游戏的时候，他有时也会找个别的战士谈话，不让任何一个人心里有顾虑。他还带着大家练习瞄准投弹，学习爆破动作，因为这个班上有好几个新战士，他们离开祖国的农村才几个月，还不熟习战斗的事情。他和大家一起在住室的门口用松枝和野花扎了一个'凯旋门'，在门上还贴了些宣传鼓动的标语。大家的情绪都很高。……"

副指导员停了一下，拿起祖国慰问团送来的那个茶缸，喝了两口水，又接下去说："上级决定：一班担任突击，同二班并肩前进，给全连打开冲锋的道路。在出击以前，张林还不放心，亲自摸到敌人的铁丝网跟前，去检查突破口。我们两个班在自己挖好的待蔽洞里待了整整一天。晚上十一点钟，我们的大炮开始响了。炮弹不停地在我们的头上飞过去。黑山包上亮起来一团一团的火。过了两分钟，张林就带着第一组跟着炮火向前冲去。他跑在最前面，看见前面有两个大地堡，恰好我们二班的爆破手朱明也赶上去了。他们一个人对付一个地堡。他扑过去把一个手雷从地堡的枪眼投进去，连忙向左边闪开。地堡马上爆炸了，六个敌人全死在里面。朱明也把另一个地堡解决了。道路打开了，部队也跟上去了。这个时候我们的炮火正在延伸，炮弹爆炸的硝烟笼罩着整个山头，十米以外就很难看清目标，瓦斯呛得人快透不过气来。张林正在前进，忽然发觉他刚才向地堡扑过去的时候，敌人的枪弹打中了他的右胳膊。不过这是轻伤，他也不去包扎，就忍住痛继续往前跑。他听见左边不远的地方响起一阵激烈的枪声，敌人的几挺机关枪从一个暗堡里射出密集的子弹来。我们的冲锋部队就给这几挺机关枪压在山腰，没法上去。张林看到了这个暗堡，连忙把第二个手雷的插销拔开，朝暗堡冲过去。他接近暗堡的时候，忽然从侧面飞过来一颗子弹，打穿了他的小肚子。可是他一步也不停，就像猛虎一样扑上去,从后门把手雷扔进去了。暗堡塌下了,机关枪都变成了哑巴,敌人完蛋了。张林也昏倒在地上。……"

副指导员一面说,我一面写。他说得不慢,可是我写得并不快。我只能匆匆地记下大意。他忽然闭上嘴,拿起茶缸,埋下头喝了一口水。停了片刻,他又抬起头,放下茶缸,继续说下去:

"我到了上面,看见张林躺在血泊里,人事不醒,一节一米多长的肠子从小肚子上的伤口出来了。我轻轻地扶起他,要背他下去。他忽然醒过来了。他睁大眼睛望着我,教我不要管他。他严肃地说:'任务要紧!快争取时间继续前进,彻底消灭敌人!'我还不忍离开他。他却嘶声叫起来:'同志们,大家狠狠地打啊!给祖国争光、给毛主席争光的时候到了!……'"

通讯员小周来找副指导员去听电话。他不说什么,只是把手伸到军帽下面搔了两下,就朝左边坡上跑去。

小周望了望他的背影,回过脸来,看见我把自来水笔挟在笔记本里,知道我要休息了,便对我说:

"副指导员平日很少讲他哥哥的事情,他们弟兄感情很好。"

"你见过他哥哥吗?"我问道。

小周摇摇头说:"我没有见过。我是在拿下黑山包以后才来的。我听见人说他们弟兄相貌差不多。张林喜欢唱歌,那天出发的时候,他还在唱:'炮火震动着我们的心,胜利鼓舞着我们……'"

我把小周的话记在笔记本上。小周又往下说:"听说那天把他抬下来的时候,他一路上昏昏迷迷,一直在喊:'狠狠地打啊!'抬到包扎所就断气了。后来给他评了一等功。……"

我正在记录小周的话,忽然听到一阵脚步声,原来副指导员匆匆地跑下来了。小周已经在茶缸里盛满了凉开水。副指导员坐在原处,端起茶缸喝了两口水,看见我摊开笔记本在等他,便抱歉似地说:

"我得抓紧时间讲完它,过一会儿我还要到营部去开会。……当时,我就冲上去了。我解决了敌人的两个地堡,同志们都上来了。鬼子的枪都不响了。我不放心张林,折回去找他。我突然听见一阵枪响,原来冲锋枪和卡宾枪的火力交织着从敌人的一个住室里射出来。阵地上敌人的火力又渐渐复活了,我们的前进部队遭到了敌人的侧面射击。我看见同志们暴露在敌人的炮火下不能前进,怒火直往上冲,便拿出一颗手榴弹,向那个火力点爬去。阵地上布满炮弹坑、石头、树枝,弹片同被炮弹翻起来的树根和土块,把我的衣服都挂破了。我正在爬,忽然看见前面火光一闪,跟着起了一声轰隆的巨响,那个火力点马上就没有声音了。我知道这是张林干的事情,便在这附近找他。我走过了先前跟他分手的地方,后来又跳过一条交通沟,离交通沟不远找到了他。……"副指导员埋下头静静地过了片刻。小周在旁边望着我,他的眼光好像在说:副指导员心里不好过啊。他的眼圈已经红了。

"他躺在地上,军服全破了,满身都是血和泥土,肠子出来一大段,右腿也打穿了一个洞。我叫醒他,他还拉住我的手吃力地说:'我差一点儿爬不过交通沟……那包炸药……差一点儿……也丢不进去……'他又昏过去了。那几个一班的同志也来了,大家都伏在他的身边喊:'班长!'他又醒了过来。大家告诉他:'我们胜利了!任务完成了!'他吃力地接连说了两个'好！'字，又说：'我知道我们一定会胜利。以后你们还要继续狠狠地打美国鬼子啊……'他勉强笑了笑，又昏过去了。同志们用担架把他抬下去，到包扎所，他就牺牲了。"

副指导员站起来，默默地走了几步，又朝山下望了望。刚刚休息了片刻的知了又烦躁地叫起来了。

"这是一年前的事情。可是我一提到它，就好像看见我哥哥把打出来的肠子塞进伤口去，抱起一包炸药，咬紧牙关，朝敌人的火力点爬去；我好像看见他昏过去又醒转来，小肚子上的伤口擦着树枝、弹片、砂石，吃力地一步一步往前爬；我好像看见他慢慢地支起身子，用力扑过交通沟，倒在交通沟对面的边沿上；我好像看见敌人的子弹打中了他的右腿，他停一下又往前爬；我好像看见他忽然抬起身子把那包炸药扔到敌人的火力点去；我好像看见……"副指导员的带着痛苦和愤怒的声音突然停止了。他转过身，走回到矮桌前，又在小凳上坐下去，望着我说："他的仇总算报了。头一次打黑山包，我们全部歼灭了美国鬼子三个步兵排，一个火器排；过了一个多月我们第二次打黑山包，经过一个半小时的战斗,一共消灭了二百三十几个美国鬼子,而且把黑山包拿下来了。我们不仅拿下了黑山包,而且接连拿下好几个山头。好罢,你不肯停战,我们就揍你!不断地揍你!揍得鬼子只好在停战协定上面签字。我们不怕鬼子不老实,它再敢动一下,就揍它,朝鲜人民也要狠狠地揍它!"他又端起茶缸,一口气把水喝光了,站起来说:"我要讲的话都讲了。……我讲得不好。……××同志,你还要了解什么?指导员后天就回来了,他那个时候是我们的排长,知道的事情多。"我看见他的脸上渐渐地现出了笑容,我知道他又在准备安排什么工作了。他可能在等待我的新问题,也可能在打算向我告辞到营部去。我还想留他多谈几句,我就向他发问了:

"副指导员,你家里都好吗?"不用说,我想知道的是张林家里的情况。

"很好,很好!"副指导员答道,这一次他笑了。他从左面袋里掏出一个信封:"我前两天接到的家信。"他从信封里取出一张照片,递给我:"请看这张照片。"

我把照片拿在手里。我看见一位头发花白的老大娘坐在正中,一个四岁的男孩站在她的膝前,两个梳双辫的年轻女人站在她的背后。衣服都很整齐,脸上都带笑容。

"我知道这位是你的母亲,"我指着颧骨高高的老大娘说。"这位是……"我指着那个大脸、大眼睛的女人说了三个字就咽下了其余的话。他在旁边替我接下去说:"这是我的嫂子。"我便指着那个身材较高、脸也丰满、穿花衣服的年轻女人说,"那么这位就是你的爱人。"他笑着答一声"对"。我又说:"这个小孩是你的侄儿罢?"他点点头,又说了一个"对"字。

"你一家人都在?"我把照片交还给他的时候,又问一句。

"还有一个十九岁的弟弟到县里学习去了,"他笑答道,就把照片放回信封,揣到袋里去了。

"那么这封信是——"我只说了这六个字,我望着他微笑。

"是我爱人写的,"副指导员爽快地接下去说,露出了满意的笑容;"我参军的时候,我们结婚不过半年,她还是个文盲,现在她可以写信、读报、记笔记了。她信上说：家里生活很好，母亲身体健康，嫂子当上劳动模范，到县里开过会了。她也受到了表扬。她还向我挑战：她要争取当军属模范，争取参加慰问团到朝鲜来。——"

他突然闭了嘴，我忍不住替他接下去："她要你立功，要你也争取参加归国观礼团到北京，是不是？"

他笑笑，过了两分钟，才答道："这些事情在解放前连做梦也想不到。"

"这几年想不到的事情太多了，"我说。

"还有一张照片，也请你看看，"他说着又递给我一张照片，这是从笔记本里取出来的。我把这张二寸半身照片拿在手里，望着上面那位小眼睛、厚嘴唇、满脸笑容、额上有几条皱纹的朝鲜老大娘出神。

"这就是金老大娘，她今天早晨给我的，"他解释道；"我上次忘记告诉你，金老大娘治好伤回来，前些天得到了儿子的信，她儿子在东线，在人民军里当军官。她多年没有照相了，这次特地照了相给儿子寄去，她也给了我一张。"

我交还照片以前,把它翻转来看看背面,我看到了两行不十分端正的中国字。一行是"金贞淑",另一行是"中朝亲如一家"。我便问一句:"她自己写的?"

"我在下面碰见她。她拉我到她家里去,她当着我的面写的。她还说,她将来要到中国,要到我家里去看看我母亲,也要请我母亲到朝鲜来玩。她想得真多,讲得真高兴,"副指导员一边说,一边慎重地将照片放回在笔记本里面。他又笑了笑。

小周在坡上办公室里大声讲起话来。大概又是电话来了。可是副指导员却好像不曾听见似的,望着我说下去:"××同志,你说战士们都在讲我成天高高兴兴,不知道累。其实,大家都是一样。生在这样好的时代,谁不高兴呢?我一高兴,劲就来了。越忙越有劲,我从来不觉得累。只是我能力差,当副指导员还是停战以后的事。这些天连长、指导员都不在家,真抓瞎!你来了几天,也该看出来了。……"他看见小周从坡上下来,便闭了嘴,望着小周。

"副指导员,教导员来电话,要你马上去,"小周还不曾走到他面前,就大声说。

"好罢,××同志,晚上再扯罢。"副指导员亲切地对我说声:"再见,"匆匆地往山下走了。

六

我站在小平台上望着副指导员的背影。这个对我显得非常亲切的背影很快地消失了。我回头看小周。小周也不在这里。可是一两分钟以后,小周的声音又在办公室里响了起来。我埋下眼睛看山下,仍然找不到副指导员的影子。那一排白色平房顶上冒出了烟,烟雾飘到了小山头。"老大娘在烧饭了,"我这样想道,便移动脚步往下面走,我也许想走到平房去看看。

我不知不觉地走到了二班的新住室。我昨天还在这里看战士们砌地炕,现在炕已经砌好,那个四川战士坐在屋子外面一块石头上,把干树枝放进炕洞口烧起来。二班长从住室里走出,带笑说:"我说不漏烟,你还不相信。现在没有话讲了罢。"

四川战士满意地笑了笑,答道:"副指导员帮忙砌的炕还会有问题吗?"

二班长失声笑了。"小李,你真鬼!你提到副指导员,我还有什么话好讲?"二班长刚刚说到这里,看见一个脸上没有血色的战士慢腾腾地走过来,便换了口气说:"小王,你不多睡一会儿?到这里来干吗?"那个年轻的战士有气无力地答道:"班长,我现在好多了,想出来走走。卫生员拿来的桃子真好吃。"

二班长又笑了。他问道:"小王,你知道桃子是从哪里来的?"他不等小王回答,自己接下去说:"副指导员拿出他的津贴交给卫生员,请司务长买些桃子来,给发疟子的病号吃。"

发疟子的年轻战士轻轻地吐出了一个"啊"字,接着又说了一句:"我还不知道。"

二班长温和地笑道:"真不知道?你不知道的事情可多了!"

烧炕的四川战士马上含笑插嘴道:"班长,你知道的事情多,跟我们讲一点儿也好。"

二班长得意地笑道:"小李,你倒会出主意。可是我不像你,我不会摆龙门阵。我还有别的事。"他停了一下，又说："你们大家都喜欢副指导员，可惜你们没有见到他哥哥，他同他哥哥是一个样子。真是两个好同志，好上级！"二班长动感情地赞了这一句。他到这个时候才向我说："××同志，你要报导我们连里功臣的事迹，你不能把张林同志漏掉啊。"

我站在他们旁边听他们谈话，有时走两三步，但马上就转身回来。他们同我熟习了，并不介意。我听见二班长的话，便接嘴道："郭永章同志，请你什么时候跟我谈谈张林的事迹，还有你自己的事……"

二班长不等我说完就打岔道："张林同志的事迹你请副指导员谈罢。我的事实在值不得谈。"他那张黑黄色的、看起来像是很健康的瘦脸突然发红，他又把眼睛掉去看那个正在冒烟的炕洞口了。

我不肯放过这个机会，连忙接下去说："郭永章同志，副指导员刚才跟我谈过了。他要我找你谈谈。"

二班长不看我，也不答话。过了两三分钟，四川战士在旁边替我帮腔道："班长，你这回非讲不可了。"二班长望着四川战士笑了笑，说："行了，不用烧了。"他又对我抱歉似地说:"我实在没有什么好讲的。"他还说:"××同志,你要不要到我们班里去看看?"

我知道他指的是二班的旧住室。新住室刚刚搭好,他们还没有搬过来,新的地炕既然不漏烟,那么过两天他们便要迁居了。他邀我到旧住室去,一定是要跟我谈话。我便点头应道:"好罢,我现在跟你去看看。"

我们两个一路走到二班的旧住室。旧住室在新住室的后面,我们往右朝上走了十几二十步便到了那里。这个茅棚一样的屋子里没有人,外面土坡上倒有讲话的声音。我们进了屋,二班长便说:"请在炕上坐罢。"屋子里有两个大炕,他匆匆地走到一个炕前,拿过自己的包袱,打开了它,从一个小纸包里取出一张纸来。他把纸交给我,一面说:"张林亲笔写的信。"

我接过纸来。这是从笔记本上撕下来的带格子的白纸,纸上有用自来水笔写的笔划清楚的小字,我把纸拿到住室门口,轻轻地念出信上的话来:

永章同志：

我们那天谈话以后，我还是不放心。你说打仗要死人。你还说志愿军入朝后，牺牲的烈士不少。你忘记了毕竟是活的英雄多。死的只是极少数。我们任何时候都应当有胜利的信心。我即使在战斗中死掉，我也相信我们一定会得到胜利，革命一定胜利。我们班要执行任务了。可惜你还在疗养所，不能回来。我一定要把我的意见告诉你。

敬礼！

张林××日

二班长已经走到我身边来了。我掉转身把张林的信递还给他。他接过信声音低沉地说："这是他出发前一天写的，信到我的手里，他已经牺牲了。"

我默默地望着他。他又讲下去："我那个时候思想搞不清楚，老是想，打仗要死人。我把打仗跟牺牲连在一块儿，老是以为上战场就要做烈士。张林同志是我们的班长，他找我谈过两次话，跟我讲了些消灭敌人、保存自己的道理。他批评我成天板着脸、想牺牲、没有一点积极的快乐情绪是不对的；

他还批评我常常跟新战士谈我这种看法更不对。他说，英雄抱炸药跟敌人同归于尽，当时也只想到怎样消灭敌人，不会想到自己牺牲不牺牲。他讲得很多，头一次他狠狠地批评了我，我还不大服气；第二次他讲得更诚恳。我的心给他打动了。没有想到过两天我出去打柴把左胳膊摔坏了，到疗养所住了一个时期。我回到班里，副指导员刚调来当班长。他把张林同志的信交给我。他告诉我，张林同志受伤以后在阵地上还提到这封信，要他把信交到我的手里。他在张林同志留下的东西里面找到了信。我请他跟我讲讲张林同志牺牲的情形。他讲了。他说，他看见张林同志牺牲，并不惋惜，他只想到他哥哥完成了任务，给他立下一个视死如归的好榜样。副指导员讲他哥哥的事，他自己并不哭。我倒哭了。他也不劝我。他只说了一句话：'我已经向上级要求下次的任务了。'我拿着张林同志的信读了不知多少遍。我明白副指导员那句话的意思。后来我就参加了二打黑山包的战斗。"二班长说到这里，突然闭了嘴，不等我问话，便拿着那封信走回到他的炕前去了。

我跟着他走了几步，又站住了。屋子里光线暗，但是我也看得出来，他站在炕前，俯下头，将信慎重地放回到小纸包里面，又将包袱包好放到原处。我在等他。

他走到我面前，听见我说："郭永章同志，你讲讲以后的事情罢，"便答道："我讲完了。"

我接着又问："那么二打黑山包的事情呢？"

他又笑了笑，摆摆头说："这没有什么好讲的。"

"你不是立了二等功吗？"我再说一句。

这一次他不笑了，他带了点歉意答道："这是张林同志的功劳啊。"他看见四川战士同患病的战士谈着话走到了门口，连忙小声补了一句："还有副指导员的功劳，"就撇开我，朝那两个年轻的战士走去。

我慢慢地向门口走，可是我并不打算再提刚才谈过的事情，我知道他今天不会对我再讲什么了。

> 1960 年 9 月 15 日在上海写完
> 1961 年 6 月初在杭州修改

★

回　家

"班长！班长！"

侦察排一班班长李明忽然听见有人叫他，声音是那么熟习。他含糊地应了一声，吃力地睁开了双眼。他看见一对在黑暗中发亮的眼睛。两只手正在轻轻地摇他的肩膀，但马上又松开了。那个很熟的声音激动地说："班长，你，你醒过来了！"

李明躺在地上，他觉得冷冰冰的雨点打到他发热的脸上来了。他有气无力地答了一句："醒过来了。"他望着年轻战士汪永的非常亲切的圆圆脸，又说："小鬼，你还在这里。下雨了。"

汪永擦了擦自己的眼睛，高兴地说："班长，没有下雨啊。你醒过来就好了。"他把他那只沾了点泪水的手伸过去,紧紧捏住李明的右手,又说:"班长,你昏过去了。我爬过来喊你,喊了好一阵,你才应声。你的伤不要紧罢?"

李明勉强地笑了笑,说:"小鬼,你又哭鼻子了。我的伤不要紧,我是震昏过去的。你瞧,我包扎得很好。"他伸起左手在自己的肚皮上摸了一下。一根皮带束紧了给子弹穿破的棉军服,遮住了临时包扎上的纱布。他又说一句:"我能起来。"他用左手支着地将背往上抬。他刚刚坐起来,忽然感到一阵利刀穿心似的痛楚,连忙咬紧牙关,又倒了下去。

"班长,你要小心啊!"汪永小声惊叫道。他仍然捏住李明的右手,关心地问:"班长,你伤口痛得厉害吗?"

李明摇摇头,短短地答道:"不痛。没有问题。"强烈的火药味和离这里不远的隆隆炮声使他记起先前激烈的战斗来。副班长高启成押着两个"舌头"回去了。汪永用密集的子弹把十几个敌人压在地上。他李明接连扔出了三颗手雷。第三颗手雷扔出以后,他就失掉了知觉。他想到这里,便着急地问:"小鬼,那些鬼子呢?没有逃掉罢?"

"班长,你那三颗手雷把他们全送上西天去了,"汪永松开手兴奋地笑着回答。

李明满意地答了一个"好"字。他觉得自己的精神好些了,身上也有了一点劲,便略略提高声音说:"我看不用等副班长来接我们了,我回去带担架来接你罢。"他坚持着用力坐了起来,还动手拉紧腰间那根皮带。

"班长,你在做啥?我看,你的伤也不轻,你不能一个人回去!"汪永又惊又急,他趴在地上抬起头来,而且使劲将头抬得高些,他用央求的口气继续说下去:"班长,还是我们两个一路回去罢。我即使不能走,我还能爬啊!"

"小鬼,你的伤重些,你得听我的话,不要乱动。就在这里等一会儿。我能走,我经验多,办法也多些,"李明坚决地说。他弯起两腿,右手撑着满是弹片、碎石和断枝的松松的砂土,用力转动身子,居然站起来了。他的身子摇晃了两下。他又感到一阵痛,痛得厉害,好像有一把尖刀在割他的肠子一样。他头上一直在冒汗。他站定了,望着汪永那张吃力地抬起来的脸,按住自己的肚皮,慢慢地弯下腰去。他轻轻地拍两下汪永的肩头，亲切地说："小鬼，你要保住腿，就不能乱动啊。我给你找个隐蔽地方，保险些。你好好歇一会儿罢。"他听见汪永唤"班长，"也不等汪永讲下去，就伸直身子走开了。过了一会儿，他走回来，忍住痛俯下身去对汪永说："小鬼，找到地方了，就在前面。我搀你去。"他伸出手去搀扶汪永。

汪永连忙摇摇头说："班长，让我自己走，我能爬过去。"他说着就开始爬行。

"小鬼，你不要急，让我来搀你，"李明温和地劝阻道。虽然汪永接连地说："班长，你不要管我，让我自己走，"虽然李明觉得伤口一阵一阵地痛得不轻，李明还是把汪永一直扶到那个长满野花和杂草的干沟跟前。

敌人的炮弹带着哨子一样的声音在他们的头上飞过。他们看见一团一团的火光，听见不远地方的爆炸声。李明让汪永侧着身子躺在这个浅浅的沟里。他听见汪永说："班长，我睡好了，你走罢。"可是他一只手还放在汪永的右胳膊上，他在沟边停留了一两分钟，才站起来，说："小鬼，我走了。我一定带担架来接你。我来不了,副班长会来,同志们也会来。"

"班长,你放心,我只要有一口气,爬也要爬回家,"汪永感动地回答。

"小鬼,你千万不要乱动。还是等着担架来接你罢,"李明坚持地说;接着他改变语调说声"再见",就转过了身。他刚刚走了两步,又听见汪永在后面唤他,便回到汪永的身边去。

"班长,你带一颗手榴弹去,我还有一颗留给自己,"汪永说,他把别在背后皮带上的手榴弹取下了一颗,要交给班长。

李明迟疑一下,便接过了手榴弹,别在自己的腰间。他紧紧地握了握汪永的右手,亲热地说:"小鬼,我走了。你要小心啊!"他把这周围看了看,右面三四米远有一棵给炮弹打弯了的大栗树耸立在那里。他认清了地方,就踏着坑坑洼洼的砂土往北走了。

敌人的炮火又静了。风一阵一阵地吹到李明的脸上,四周时时有沙沙的声音。天空漆黑,李明拿出指北针来,捏在手里,让它来引路。马尾松、断树桩、碎石、弹片和土坑常常绊住他的脚,增加他伤口的痛。他走了好一会儿,好像还听见汪永的轻微的咳嗽声。他站住回头望一眼,却不见那棵打坏了的大树。他想,走了这么一阵,怎么还听见小鬼的声音?他着急了。他加快了脚步。可是走不多远,他又不得不停下来。冷风从穿了孔的棉军服的破洞里刺到他的身上,好像灌进了他的伤口一样。他咬紧牙关,把棉军服整理一下,将纱布拉紧一点,将皮带扎得紧些,将手榴弹别得更稳。他停一阵,又走一阵,越走越觉得身体重,两腿无力,伤口痛。他好几次差一点摔倒,也的确摔倒过两次。汗珠大颗大颗地顺着两颊往下掉,军帽早已湿透了。有时他停下来,又觉得好像冷气钻进了他的脑袋一样。不用说,他并不害怕这一切。他曾经忍受过更大的痛苦,他的胳膊上、腿上还留着好几处伤疤。这个时候他的思想完全集中在一件事情上面:回家,尽快地回到"家"里。他有时好像听见汪永的咳嗽声,有时又仿佛听见排里、班里同志们讲话的声音,有时又好像看见副排长那张和善的笑脸和团长那对仿佛要看透他的心一样的眼睛。他觉得痛楚渐渐地减轻，两条腿渐渐地又有劲了。他不停地走了好一阵，左手拿着指北针，右手摸着手榴弹。他自己也说不出已经走了多少路。可是痛的感觉又逐渐地强烈了，好像那把尖刀又在他的肠子里绞来绞去。他咬紧牙，弯下腰，拿右手按住伤口。他正在吃力地走着，忽然觉得心里一阵难过，他不住地淌汗。他难过到了极点，一下子什么也不知道了。

李明又睁开了眼睛。他好像大梦初醒一样，不明白自己为什么会躺在地上。砂粒冷冰冰地刺着他的烧脸，断枝和碎石割破了他的手。指北针还紧紧地捏在左手里。他忽然记起来了：小鬼在等我！他着了急，就要站起来。可是一次不行，两次也不行，他试了几次，才站定了。他想：我不能再浪费时间！他马上提起右脚朝前踏了一步，左脚也跟着往前面移动。他一只手按住肚皮，另一只手拿着指北针。伤口一直在痛，路上常常有东西绊住他的脚。可是他不大在乎这些了。他只有一个想法：尽快地回到"家"，带担架来把小鬼抬回去。他的脚步快一阵又慢一阵，但是他坚持着不再停下来。他渐渐地忘记了自己的伤痛,他一直在想那个年轻战士的事情。汪永那张带孩子气的圆脸老是在他的眼前出现,连左颊上那个伤疤也非常显著。汪永是他班里的好战士,他带着汪永出去执行任务已经不止一次了。这个年轻战士勇敢、灵活、聪明、听话,每次都是很好地完成了任务。有一回他们两个到敌人阵地去捉"舌头",抓到一个美国鬼子押回来,半路上遇到了伏击。他们消灭了十几个敌人。他的左腿负了伤。汪永一边扶着他,一边押着俘虏胜利地回到家里。同志们给汪永评功,汪永说:"我到朝鲜来,就是要打美国鬼子。抓到一个俘虏,还不是靠班长!我有啥功劳?"又有一回,他带着两个侦察员到敌人阵地,观察敌情。他们趴在草丛中整整趴了二十几个钟头,动也不敢动一下。美国兵把空罐头盒子同香烟头扔了好些到他们身上,一个美国兵的大皮鞋差一点踏到汪永的头上了,可是汪永一声也不响。他们完成了任务回到部队里,过两天他带着全班参加打伏击,完全解决了一个排的敌人。汪永脸颊受伤,血流满面,也不肯下火线,总说,自己是穷苦人出身,一定要替朝鲜的穷苦人报仇。又有一回,汪永谈到了自己，说是当初要报名参加抗美援朝，母亲不同意。这个年轻人便反复向母亲解释："我们从前讨过饭，解放了，才有吃，有穿，有房子住。这种幸福从哪里来？我们不能忘恩负义啊。要保住这种幸福，就应当先保卫祖国。光顾自己，啥也保不住！"说来说去，终于把母亲说得高高兴兴，亲自送儿子报名参军。还有一回……像这样的事岂止还有一回！……李明一边走一边想，越想越兴奋。他的脸上常常现出愉快的笑容，心里不断地称赞："多可爱的小鬼！"他的脚步越来越快，他觉得自己可以一口气走到"家"了。突然间，他的脚给炸烂了的铁丝网绊了一下，他差一点摔倒在那堆铁丝上面。他吃了一惊，站定以后，居然鼓起勇气跳了过去。他又继续往前走。这次他走不到多远，便感到一阵难堪的痛楚。他用更大的力气按住伤口，仍然迈起大步前进。他充满了信心：他已经走到熟习的路上来了。可是不知道怎样，他忽然又昏倒在地上。

过了一会儿，李明慢慢地睁开了眼睛。他发觉自己背朝天趴在地上，脸给砂子刺破了，像是给许多小虫咬着一样。他两手空空，指北针不知道丢在什么地方了。他也不去管它,便侧过脸,伸手在脸上抹了一下,脸颊和掌心都是湿的。他知道脸上出了血。他也不在乎这种针刺似的小痛,匆匆地在棉军服上擦了一下手,弄掉了掌心上的砂子,就要站起来。可是这一回不行了。他一连试了几次,痛得满头大汗,牙齿格格地响,却始终立不起。他恼恨地骂道:"我不信就憋死在这里!"他忽然想起了汪永的话:"只要有一口气,爬也要爬回家!"他便爬着朝前动了几下。他带点哂笑地说:"我就学学小鬼罢。"他又高兴起来了。他用两个掌心和两个膝头支住身子向前爬行。他吃力地爬行了一阵,忽然听见一声巨响,原来敌人的炮弹在不远的地方炸开了。他静静地伏在地上。过了一会儿,他抬起头来,抖掉了满脑袋、满脸的砂土。然后他两手支着地,用力移动两腿,经过一阵努力,他居然站起来了。他兴奋地朝前迈步,刚刚走了几步,忽然腿一软,整个身子滑倒下去,在斜坡上滚了两下,给一棵马尾松挡住了。一阵绞心的剧痛使他又失去了知觉。

"班长!班长!"

李明听见有人在远处唤他。他想答应，却觉得四肢发软，张口困难。唤声似乎越来越近。他挣扎了一会儿，才发出微弱的应声来。他睁开了眼睛。汪永那张冒热气的年轻的圆脸俯在他的脸上，一滴眼泪落到了他的嘴角。

"小鬼，你怎么来的？"他惊喜地问道。

"班长，你又昏过去了？我看，你的伤不轻啊！"汪永不回答班长的话，却关心地问道。这个年轻战士又高兴，又耽心，又着急，大颗的眼泪又落下来了。

"小鬼，你怎么的？又哭鼻子了！"李明有气无力地微笑道。"我没有问题。我不小心摔了一跤，昏过去了。现在不要紧了。你说，你是怎么来的？"

汪永用肘拐轻轻地触了一下李明的胳膊，在他的耳边小声说："班长，我抓了个俘虏。"

李明惊讶地再问一句："在哪里？"

"班长，你看，他左脚还在我的手里，"汪永得意地说。原来他右手拿着一支手枪，左手捏住一个美国兵的左边脚胫。那个身材高大的美国兵直挺挺地趴在地上，脑袋受了伤给包扎好了。汪永用力一拉，美国兵哇哇地叫了起来。他们不知道他在讲些什么。汪永用中国话骂了一句："闭嘴！"他马上不响了。

"小鬼，你真行！"李明称赞了一句。接着他又兴奋地催问："你快说，你是怎么抓到他的？"

汪永笑答道："班长，说起来恐怕你也不相信，真是容易得很。你走了以后，我一个人睡在沟里，心里好难过。我想，我既然能爬，为什么一定要等你们拿担架来抬回去？哪怕是爬一段路也好，你们也可以少走一段。我就爬出沟来，慢慢儿爬着走。我经过一棵树旁边，刚刚爬到一个土坎下面，忽然听见树叶子在响，好像有人在走动一样。我就躲在那儿，把手榴弹拿出来，悄悄地等着他。这个坏蛋果然大模大样地走过来了。哼，他还想抓俘虏！他的脚还没有站稳，口里喊着啥鬼话。我忽然拿起手榴弹，朝他右边小腿上使劲打下去。想不到他个子虽高，其实不中用，马上就来个倒栽葱，正好倒在我旁边，差一点儿就压在我身上了。我不等他起来，就扑过去，拿手榴弹打他的脑袋，他也拚命打我那只受伤的左腿。我自己也不晓得哪儿来的这么大的力气。我还缴获到这支手枪。他的脑袋也是我给他包扎的。……"

李明不等汪永讲完,就插嘴赞道:"小鬼,你真不简单!"

汪永听见班长的称赞,心里很高兴,便谦虚地接下去说:"班长,不是我本事大,是他自己送上门来的。这位少爷兵会享福。我抓他的时候,还闻到他一嘴的酒气,我差点儿呕出来了。"汪永觉得有趣地笑了。"这个鬼子很听话。我把手榴弹别在背后,左手捉住他一只脚,右手拿着手枪,叫他在前头爬。我在后头推一下他的脚,他就朝前爬一步,我也跟着爬一步。我们就这样爬到这儿来了。"

李明满意地点头说:"小鬼,你很会用脑筋。这个办法想得好。我们两个照这样把鬼子押回去罢。你到前面去,现在让我来押他。我们一块儿爬回去。"

汪永说:"班长,你在前头带路,还是我来押俘虏。我有了经验了。"

李明想了想,忽然问一句:"小鬼,你对付得了吗?"

汪永爽快地答道："行，没有问题。"他又加一句："班长，我跟你一路走，我的信心更大了。"

李明满心欢喜。他真想同他这个可爱的小战士拥抱一次。他鼓励汪永道："小鬼，离'家'不远了。再加一把劲，天亮前一定到得了'家'！"

"到了'家'，多好啊，"汪永笑答道。他好像看见了那所没有大门的朝鲜房子，同志们在不点灯的木板廊上开小组会……他着急地说："班长，我们快走罢。"

李明同意道："好。"他又嘱咐一句："小鬼，你要小心啊，鬼子很狡猾。"他们便向前爬行。过了好一会儿，李明忽然抬起头望前面。他看见不远处有一条白色的东西，他知道快到公路了。这条废弃了的公路是敌人炮火的封锁线。他回头对汪永说："小鬼，你紧紧跟着，有事情就叫我。过了封锁线，就不要紧了。"他从这个长着些马尾松、灌木、野花、杂草的斜坡朝下爬去。他的肚皮有时挨到了地面，痛的感觉时而敏锐，时而麻木。他听见自己爬行的声音，也听见后面美国兵和汪永爬行的声音。美国兵的吐气声又粗又响。又过了一会儿，李明停下来，关心地问一句："小鬼，行吗？"

"班长，行！"年轻的声音爽快地答道。

"好，再加一把劲，就到'家'了，"李明满意地说，又继续往前面爬去。他爬过了最后一段凹凸不平的斜坡，满脸汗珠，浑身也湿透了。忽然一滴冰凉的水珠落到他的脸上，接着又是一滴，两滴。他皱起眉头说："小鬼，下雨啦。"

"班长，下雨不下雨，我们一样爬回去，"汪永毫不在乎地答道，声音还是那么坚决。

李明暗暗地赞了一句："小鬼真不怕困难。"聚拢的眉毛马上展开了。

大的雨点像枪弹似地一齐落下。不到一会儿功夫，他们从头到脚、从背到胸全打湿了。荷荷的水声掩盖了美国兵的哇哇叫声。班长和战士都忘记了自己身上的伤痛。两个人拖住俘虏连滚带爬地到了坡下，一身全是泥水，两手磨出了血。后来暴雨渐渐地转小了。李明掏出毛巾揩了揩脸，看见美国兵像一只落汤鸡，在雨中积了水的地上发抖，也不去管他，又问汪永："小鬼，行吗？"

"班长，行，没有问题，"汪永仍然爽快地回答。

其实他和班长一样，伤口浸在泥水里痛得彻骨，不过他觉得比这个再厉害若干倍的痛楚也制服不了自己。

"很好，"李明放心地笑道。他接着亲切地鼓舞他的战士说："小鬼，你真行。我们在天亮前一定能到'家'。"

公路上到处是泥水，到处是泥坑。仍旧是李明在前面爬行，俘虏在中间，汪永紧紧捏住俘虏的脚胫跟在后面。他们爬了不多几步，美国兵忽然落到泥坑里去了，接连发出哇哇的叫声，不肯上来。李明掉转身去，帮忙汪永拉他，一个人拉手，一个人拉脚，费了不少力气，才把这个满身污泥的高个子拖出水来。可是他还赖在泥地上不肯走，李明和汪永只好拖着他朝前爬。

"这个坏蛋到了这儿还不老实，我真想揍他几下！"汪永动了气骂起来。

李明听见汪永的话，并不搭腔。过了一两分钟，他忽然没头没脑地问一句："小鬼，你记得今天是什么日子？"

"今天？"汪永诧异地问。可是他不等班长讲话，又接下去说:"我怎么不记得?明天是国庆节嘛。"

"明天?应该说是今天,天快亮了,"李明带笑说。

"班长,那么我们排长就要看见毛主席了,"汪永兴奋地说。

李明觉得眼前一亮,仿佛他自己也到了天安门广场上了。他含笑地点头说:"对,再过几个钟头毛主席就要走上天安门城楼了。"

汪永觉得班长好像忽然加了一把劲,高个子美国兵的重量一下子减轻了许多,他也用力去拉那只毛腿的脚胫。雨终于停了。他们越爬越快,不久就出了公路,爬进一块乱草丛生的地。美国兵哼了两声,忽然扑到草上去,就趴在那里,不肯再往前爬一步。

"真是出洋相!什么'王牌军队',尽是这种怕死鬼!"李明轻蔑地嘲骂道。

汪永一直在想北京的天安门,听见班长这两句话,觉得又好气又好笑,便搭腔道:"这就是纸老虎嘛,你把他戳破,他就变狗啰。"他拿手枪口戳一下俘虏的腰,大吼一声:"快走!"美国兵马上耸起屁股哇哇地叫起来,头也不抬,一耸一耸地朝前移动了。

李明同汪永一个用手榴弹,一个用手枪,一左一右这样地押着美国兵在泥水里继续爬行了一阵。吹起了一阵风,树叶和草片沙沙地响了一会儿。夜特别冷。湿透了的破棉衣挡不住风,寒气好像浸到他们的骨头里来了。美国兵做出痛苦不堪的样子勉强爬行着,又打颤,又呻吟。

"小鬼,还行吗?"李明很关心地又问一次。

汪永微微抬起头,充满信心地答道:"班长,行,完全有把握。"

"小鬼,明年真要轮到你上北京了,"李明半鼓舞、半夸奖地说。他仰起头看了看天空,深灰色的天幕上隐约地露出几颗星星。他又朝前方看,黑乎乎的山,好几棵怪物似的大树。他知道离"家"更近了,又关心地问一句:"小鬼,要不要歇一会儿?你的腿——"

"班长,我的腿不要紧,"汪永不让李明说完,连忙打岔道;尽管他那只打断了的左腿越来越沉重,好像还在把他的身子往后拖,但是他不愿意教班长替他耽心。他说不要紧,他的确相信自己能够把这条断腿带回"家"去。这些时候他一直在想另一件事情。他忽然兴奋地唤一声:"班长,"接着差不多一个字一个字地说:"我真想见见毛主席。"

李明楞了一下,然后挨近汪永,伸过手去,轻轻地拍拍汪永的肩头,破烂的棉军服上全是污泥,又粘又湿,还在滴水。他喜爱地唤了一声:"小鬼!"

汪永亲热地应了一声:"班长。"

李明小心地看了看旁边埋头爬行的美国兵,然后低声问汪永:"小鬼,你要是真的看见毛主席,你对他老人家讲什么话?"

汪永充满感情地答道:"我讲美国鬼子……不,我讲朝鲜老大娘……我讲班长你……其实,不消我说,他老人家全晓得。我只想用尽力气喊一声'毛主席万岁!'……班长,我觉得不管我们在这儿做啥事情,毛主席他老人家全看得见。"他顺手拔起旁边一棵正在开白花的小草,把几片湿透了的草叶放进嘴里嚼了一阵,然后吐出来。他尝到一种令人感觉舒适的香味。他觉得朝鲜的小草也是很可爱的。他的求生的欲望仍然十分强烈。他的脑子更清醒了,心情也更畅快。他不再为自己那只断腿耽心了。他也不再为班长的伤痛耽心了。他好像看见满面红光的毛主席在前面给他们引路。他仍旧拿手枪口戳美国兵的腰，一直在泥水中朝前爬行。

"小鬼，你真会讲话，讲得我都乐了，"李明一面爬，一面带笑说。泥水不断地浸进他的伤口，他痛得像发了绞肠痧一样。但是他觉得再有天大的痛楚也不能动摇他的信心。他和小鬼汪永一样，他已经看见毛主席了。那个耸起屁股像狗一样在旁边爬行的美国兵忽然哼了一声。他轻蔑地看了鬼子一眼，举了举那颗手榴弹又放下来，自豪地想道："你算什么呢？我负伤又不是头一次。治好了还要来打你。"然后他把眼睛掉向汪永，说："小鬼，你讲得好。的确，连我们现在在这里做的事，毛主席也看得见。"他看见了汪永粘满泥土的脸上那对滚圆的黑眼睛，虽然不怎么清楚，但是天开始发白了。那张有趣的脸还在笑呢（只有那块伤疤给污泥遮盖了）！还有前面小路旁边、水沟另一面的一丛灌木和三几间炸塌了的茅屋。他满心高兴地对汪永说："小鬼，你瞧，我们真要到'家'了！"

汪永同班长一块儿押着俘虏越过田坎，爬上一条小路，路上的泥水和石子、路旁的花草和树木从阴暗中显露了出来。小河沟里水涨满了。他们出来的时候，河沟里的水刚刚淹过他们的脚背，现在会超过他们的膝盖了。汪永有点着急，忍不住问一句："班长，我们怎么过去？"

李明的眉头皱了一下，又展开了。他继续向汪永打气，故意用不在乎的口气说："小鬼，你胆怯了？想办法啊！"

"对，一定有办法！"汪永答道。他知道只要再加一把力，就胜利了。他注意地望着河沟同两岸，一面在动脑筋。他忽然睁大眼睛兴奋地说："班长，有办法了。你押着鬼子先过去。我在这儿拿手枪看住他，他决不敢耍花招。"他停了一下，又说："等你到了对面，我就跟着过去。"

李明看了汪永一眼，简单地问半句："小鬼，你的腿——？"

汪永不加思索，马上答道："班长，我行。我会游水，咬紧牙齿就过去了。你在对面接我罢。"他这时的确没有顾虑。他倒有这样一个想法："反正左腿是无望的了，拚着性命再用它一次罢。至少班长可以把俘虏押回去。"

李明又看了汪永一眼，沉着地说："小鬼，你趴在我身上，我们一块儿过去罢。你仍然可以用手枪监视鬼子。"

汪永知道班长的脾气，有点为难，但是也只好答应道："班长，好罢。"他们两个押着俘虏爬行到河沟边。鬼子又哇哇地叫了两三声。他们不知道鬼子在讲什么，汪永拿手枪口抵住鬼子的腰，鬼子就不响了。河水开始在他们的眼前发亮。汪永看了看河面，正在打算怎样过去，忽然听见班长说："小鬼，你瞧，对岸有人来了。"汪永一抬头，便看见斜对岸一丛灌木后面转出来两个人形，马上又听见班长高兴地说："副班长来接我们了。"班长用暗号跟对岸的人联系。

"家里的人真的来接我们了！"汪永这样一想，立刻觉得眼前明亮，浑身轻快，腿上的伤痛仿佛也好了许多。他一面小心地监视身旁的俘虏，一面等候对岸的消息。

夜色刚刚褪尽，一片白雾就把对岸淹没了。他们的四周也是一片好像在飞腾似的白色浓雾。汪永牢牢地望着眼前这个没有人样的美国兵。他听见溅水声和熟习的讲话声，他感到极大的温暖，好像睡在朝鲜老大娘家的热炕上一样。"我到底把俘虏带到'家'了，"他想了又想，忍不住发出一声轻轻的笑。

1960年10月15日在成都

★
军长的心

一

我带着行李站在山脚一棵大树下面等车,已经等了很久了。靠山脚有两间用树枝搭成的屋子。那个头发全白的老大娘(半个月前我见过她一面)几次走过来请我到屋子里去休息,看得出来她也在替我着急。我带着笑向她道谢,我只能说寥寥几个朝鲜字,因此我也没法使她安心。她后来就索性站在我旁边,伸出头去望那条顺着山脚爬出去的公路。可是她的视线又给山遮住了,这条公路好像钻进了山中间一样。她看不见车的影子,又缩回头对我笑笑，摆摆手。我也笑笑。我看手表，已经过了约定的时间将近一个钟头了。我怀疑，是不是车子出了事情。我又想，也可能是柴秘书对司机同志讲错了时间或地点。然而要打电话到师政治部去问个明白，我必须带着行李翻过山回到营部去。说实话，我早就急起来了。但是我看到老大娘那副带好意的笑容，又渐渐地安静下来。

在这些日子里天黑得较迟，却又黑得很快，不知不觉间公路就隐藏起来了，我只看见一点点白颜色，不用说，仍然看不到汽车的影子。我正在发急，老大娘忽然笑起来，指着公路消失的方向，接连对我点头，反复地讲一句朝鲜话，我也懂它的意思：来了，来了！

我仍然看不见车子。但是我听到了车轮的声音。声音越来越大。接着喇叭也响了。我连忙和老大娘握手表示感谢。小吉普在树旁停了下来。我刚刚拿起行李，司机同志已经跳下车了，说一声"给我拿"，就把行李抢了过去。我上了车，老大娘还站在车旁点头挥手。

车子开动了，老大娘和我互相说"再见"。她讲中国话，我讲朝鲜话，她念字不准确，我的读音更差。不过我并不怕讲错，反正她了解我的感情。

车子并不回头，就沿着山脚的公路开出去。我坐在驾驶台旁边，望着挡风玻璃外若隐若现的公路，心里还在想朝鲜老大娘的事情。忽然有人在后面拍我的左肩，我回过头去，便看见军帽下瘦脸上一对非常明亮的眼睛。我听见了一声笑，那个熟习的声音接着说："巴金同志，你一定等急了。你没有想到我会跟你同车罢。"

我当时并不曾责备自己粗心大意，连后面座上有人也看不出来。我却惊喜地说："军长同志，你在车上，怎么不通知我一声？"

军长笑答道："同志，你看见车子上了篷，就应当猜到我在车上了。"

他说得对。我曾经搭过他的车，司机同志老郑告诉我：一号首长身体不好，怕冷怕风，坐车出去总要把车篷上起来。车篷的事给我留下很深的印象。我入朝以后跟军长接触的时间虽然不多，却常有机会同他见面，他那愉快的笑声和爽快的谈话一直留在我的耳朵里。我总觉得他是一个健康的人。我也见过他整天紧张地工作。为了上个月那个攻占无名高地的战斗,他整整忙了一个多月。战斗在十五分钟内结束;打退敌人的三次反扑,也不过花了四个多钟点。可是战斗前的准备工作,不论大小,他都要过问,他到过师部和团部去开会,甚至下连队去看过。他说:"准备工作做得越好,胜利的把握越大,伤亡也越小。"战斗结束后,我替他算了一笔细账,连活捉带歼灭,敌人一共给解决了将近三百,缴获的战利品很多,自己的伤亡却还不到二十。关于车篷的话也就是在那个时候听到的。我这才注意到军长的瘦脸显得更瘦了,也想起他前两天还讲过他的失眠症渐渐地加重了。有一次在谈话中我就说出他应当休息一个短时期的话。他放声大笑说:"照你的意思,我早就得改行了。你不要看我的身体坏。我打起仗来,跟美国鬼子再拖十年也没问题。"参谋长在旁边插嘴说:"不说十年,我看再拖二十年你也行,就只怕要把美国鬼子拖垮。"两个人同时哈哈地笑了一阵。我常常听见他的笑声,这种笑声又渐渐地把车篷的印象给我冲淡了,况且今天换了一个我不认识的年轻司机开车,我又是在仓卒间上车,难怪我没有想到军长的车篷了。

我不谈车篷的事情,却换了话题说:"军长同志,你出来怎么不带一个警卫员?"

"我把他留在团部了,"军长答道。"你现在也不用到师里去了。我已经跟陈主任讲过,接你回军里住几天。这两天我不太忙,可以抽点时间跟你聊聊。"

"那太好了,谢谢你,"我高兴地说,我感谢他的这个安排。上个月战斗结束以后,我们在饭后闲谈中偶尔提到过去的生活,我讲起我当初怎样拿起笔写小说,他也谈到他怎样参加革命。我刚到军里就听见人说军长是参加过二万五千里长征的干部,这时便请他谈谈长征的经历。他起初干脆拒绝,后来又推到"将来有空的时候"。现在他接我到军里去住几天,他可能要对我讲长征的故事了。

车子不开灯,在公路上奔跑。军长不作声了,他好像闭着眼在养神。我默默地从挡风玻璃望出去。前面的路在我的眼里显得更模糊了,我只看见车子靠着山在转弯。树枝忽然伸进车里来,马上又被奔跑的车子抛到后面去了。我看到了防空哨的小屋,屋前一个战士挥着白旗,说了一句:"没有敌机,开大灯走罢!"车子驶过了防空哨的岗舍,马上开了灯,跑得更快了。

我们的小吉普接连追过了好几辆嘎嘶车,继续往前跑。不久我看见了灯光。原来坡下有一座桥。一长列的嘎嘶车从桥上一直拉到对面的山脚。有的开大灯,有的开小灯,有的不开灯,它们像一条大长虫在那里蠕动。我心里有点着急。要是敌机飞来了,这些车子怎么办?果然,我听见了一声清脆的枪响,眼前的亮光马上灭了。我们的小吉普并不要过江,它仍然顺着山路走去。为了不要跟对面的来车相撞,它的确是用小跑步在走。

"敌机来了,"司机同志毫不在乎地说了一句。他看见来车渐渐地少起来,便增加了行车的速度。我起初只听见车轮在路上摩擦的声音。司机同志不慌不忙地在黑暗中开车前进。后来我听见熟习的机声了。声音越来越近,好像敌机就在我们的头上一样。

"不要紧,只有一架飞机,它就会过去的,"这些时候一直不作声的军长忽然在后面讲话了。

我点点头,笑答道:"关了灯就不要紧了。它什么也看不见。"

可是这一架敌机刚刚过去,马上又折回来了。它就在这座大山的上空绕圈子。

"今天晚上敌机又要搞什么花样了,"军长自语道。

"是不是在跟特务联络?"我回过头向他发问。

"不一定。我回去要好好地查一下,"军长从容地说。

"挂天灯了,"司机同志微微笑道。我转脸朝前面看,在我们右面,离我们并不太远,半空中悬着一个亮,就像一盏明亮的街灯一样。我刚刚眨一下眼睛,灯就多了一盏,比头一盏挂得稍微高些。

弯弯曲曲的公路在照明弹的亮光下现了出来。司机同志马上开快车朝前飞跑,他嘴里还在咕噜:"你给我打灯,我就跑得更快。"

我还看到了第三颗、第四颗照明弹。可是车子顺着山坡拐了几个弯,穿过一带树林,很快地钻进了山沟。车子在沟内鹅卵石的小路上颠得厉害。它走了一阵,前面的路给好几根横放的大木头拦住了,它便停了下来。两个警卫班的战士走到车子跟前。

我先下车。军长也跟着下来。飞机声仍然传到我的耳里，可是不及先前那样响了。警卫员向军长敬了礼。军长把披在身上的呢大衣拉了一下，吩咐道："把巴金同志的行李拿到客房去。"他又对我说："你先到我房里去坐坐罢。"

我跟着军长到他的住室去。我们还没有走多远，刚刚拐了弯走上山坡，忽然听见一声枪响，瞥见了一道红光。军长马上站住，转身看对面的山头。什么动静也没有。军长等了几分钟，又向左右看了看，仍然没有响动。但是飞机声又自远而近地来了。

"明天起要好好地搜索一下，"军长说了这一句，又继续往前面走了。我吃力地跟在后面，我不熟悉这里的路，也不习惯摸黑走山上小道。军长常常回过头看我，鼓励地说："你不要急，就要到了。"

我只有在白天和傍晚到过军长的住室，走的还是另一条路。不过我也知道他的住处离客房并不太远。警卫员扛着我的铺盖卷跟了上来。我们又转了一个弯，到了山坡的另一面，我跟着军长踏上那个泥土上面盖石片的梯级往上走，却看见扛行李的警卫员往下面去。我们走了二十多级，就上了一个小平台，军长的住室就在这里了。军长掀开了雨布，推开了木板门，点燃了桌上的洋烛，马上又出来高声叫通讯员。他叫了两次，听见了应声，便拉起雨布招呼我进去。

这个房间跟我半个多月前看见的差不多。靠窗放一张白木条桌，桌上有一架电话机，一个角上堆了些报纸和文件。旁边还有一张小桌，放了一架收音机。对着门有一张小圆桌和四个用木箱改做的凳子。挨着条桌靠门的一头还放了一把椅子，也是用木箱改做的，不过加了一块作为靠背的木板。这些凳子、椅子都比我在志愿军别的单位见到的好看些，我记得它们。有一次军长带了点自豪感指着它们对我说："这些都是我自己亲手做的，我从前还学过木匠呢。"

里面还有一个小间，是用木板和白布帘子隔出来的。有一张用木板和两条板凳搭起来的床，床上就只铺了些稻草和白布被单。床头有两三口四四方方的镔铁箱叠在一起。这都是我半个多月前在这里吃饭的时候见过的。

我刚刚在凳子上坐下，通讯员小冯进来了。军长马上吩咐："快给我们搞点水来喝。"小冯答应一声，又对我笑了笑，算是打了个招呼，就出去了。

军长取下了呢大衣挂在木板上，拿起电话的耳机，讲了两次话，要警卫班今天晚上加强警戒。他放下耳机，在屋子里走了几步，便坐在椅子上，望着我说："你这半个多月辛苦了吧。前面连队里条件差些，我们还可以对付过去，你们刚刚从祖国来的人有点不习惯罢。"他不等我搭腔，又往下说："你看我这个窝怎么样？嗯？你不要小看我们这些土建设。不怕它美帝国主义拿多少万吨钢铁倒在朝鲜的山头，我们用这些土建设就能顶垮它！"

我看看他那张黑黄色的瘦脸，这张脸在摇曳的烛光下显得更黑黄了。可是他突然发出一阵愉快的笑声，他笑得那么高兴，好像他的脸一下子也发亮了。我感染到他这种愉快的心情，我也微笑了。我同意地说："对。你们这些窝比钢骨水泥的建筑还安全得多。说实话，我真不想回去了。我在这里感到多大的温暖啊！"

"你不想回去，就在这里住下来罢，"军长恳切地说。他看见通讯员拿了两个搪瓷茶盅进来，便把有盖子的那个接到手里，两只手捧住它，继续说："你想到哪里去，我就送你到哪里去。你应当多跑跑，多看看。朝鲜人，志愿军，这都不简单啊。同志，你看得多，接触得多，你不能不动感情！你起初也许会奇怪，怎么这么多的好人都集中在这个斗争最尖锐的地方！你住下去就渐渐地明白了。"他揭开盖子喝了两大口热茶，把茶盅放在条桌上。"我今天看到一件事情，"他说了这半句，忽然站起来，走了两步，又站在小圆桌旁边说下去："离团部不算远的那个村子，今天遭到敌机的轰炸。我们有几个伤病员在那里疗养。看见老乡的房子起火，我们的卫生人员和伤病员都跑去抢救。有一个大病刚好的战士跑进正在燃烧的屋子里，背出一位生病的老大娘来。他衣服都烧起来了，他还忍住痛把老大娘放到安全的地方，才扑灭自己身上的火。一个卫生员为了抢救小孩，自己一只胳膊断了，还用另一只胳膊紧紧抱住那个小孩。我赶到了那里，大火刚灭。那个一岁多的小孩一直在哭，小王抱着他在哄他。一位老大娘在旁边对小王讲话，小王好像没听见似的。——小王就是我说的那个卫生员。敌机忽然又来了。这次只有一架飞机,它来得很快,阁阁阁地响了好几下,就逃走了。只看见几股尘土飞起,不曾伤一个人。我当时站在一棵树下,要躲也来不及了。我远远地望见小王把小孩放在地上,自己用身体遮住他。旁边那个老大娘马上扑到小王的身上。两个人都想用自己的身体去保护别人。敌机逃了以后,他们从地上起来。小孩在地上直哭。小王还要弯下身去抱小孩,可是支持不住,要不是老大娘扶着他,他就倒下去了。还是我的警卫员把他搀到疗养所去的。小孩由老大娘抱走了。我后来到疗养所去。好些老乡跑来慰问小王他们,听说要输血,都抢先要献血。那个老大娘还把无母的小孩抱来看小王。老乡们看见我去,老大爷、老大娘、大嫂子把我团团围住,有的比划,有的哭,有的讲,好像我是他们最亲的亲人一样。同志,你一定想不到,我也流了几滴眼泪。我说过,不能不动感情啊!我在疗养所,跟老乡们在一起,跟我们的卫生员、伤病员在一起,我觉得我们的心、我们的感情都是一样的。这种心连心的感觉我在朝鲜天天都体会到。你住久了也一定能体会到。你多写罢,越多越好。我们也要多写。你们作家用笔写,我们用子弹、用手雷、用大炮写。你口诛笔伐,我们夺取山头。不管美国代表哈利逊在板门店会场接连耍赖逃会,我们一定要把鬼子揍垮,挤垮。它不停战就把它挤到海里去!同志,你只要肯多住些时候,我一定让你看到我们的新作品,大作品!"

军长像这样地激动,我还是第一次看见。他这段话的内容太多,感情也太多,我不能随便用几句话回答他。而且我的心也被他的话打动了,好像他用一根火棒在我的内部搅了一下,我的整个思想都乱了。我在同一个时候想到几件事情。但是不管我的思想怎样乱,我决不能用沉默对待他热情的谈话。所以我看见他闭上嘴在屋子里走了几步,又在那把所谓椅子上坐下来,捧起茶盅喝茶,我就说:"你说得对,我们真该多写,不管是用什么写。总之有什么武器就用什么武器;有多少力量就拿出多少力量。我们是在跟最凶恶的敌人斗争啊!"我说到这里,军长忽然大声插进来重复说一句:"对,我们是在跟最凶恶的敌人斗争!"他连连地点头。我的话被他打断

了,一时接不下去,我想到了另一件事,便说:

"我想到你说的那个地方去看看,有没有困难?"

"可以,可以!"他放下茶盅站起来说,"我找人陪你去。你要是不觉得累,明天一早去也成。直接到来凤里,更方便。"

我心里很激动,一点也不觉得累,就向他表示希望明天早晨到来凤里去。

"没有问题,我会给你安排好。你现在到客房去休息罢,可能明天很早就出发。"他说到这里就大声叫:"通讯员!通讯员!"他看见小冯揭起雨布走进来,吩咐道:"你送巴金同志到客房去。"

我和他握手告辞,跟着小冯走出房去。我还不曾放下雨布,又听见他在摇电话机了。

二

第二天天还没有亮,那个从上海郊区参军来的小通讯员叫醒了我,说是军长的车子已经在沟口等候了。我匆匆地洗了脸,跟着他跑到沟口去。

车子仍然停在昨夜停车的地方,开车的还是那个年轻的司机同志，不过车篷已经收起来了，车头插了几根带绿叶的树枝。政治部宣传科的丁干事陪我去，他站在车旁跟司机同志讲话。

我们上了车。车子开出沟口，穿过了树林，天已经亮了。车子今天走另一条路，直接去来凤里。这条路我还不曾走过。我们起初走了一段傍山的新路，后来就走进了两旁有树的公路和夹杂着石子的土路。天大亮以后不多久，丁干事指着前面一个村子对我说："这就是来凤里。"我还看见空地上有几棵大树，几个小女孩正在树下跳舞。车子开到那里就停了下来。小女孩们马上跑到车旁，笑容满面地连声唤志愿军叔叔，好像看见了亲人一样。我接触到一种平静、欢乐的气氛。我跳下车，亲热地回答孩子们的招呼。我有点怀疑是不是走错了地方，然而开车的又明明是昨天到过来凤里的年轻司机。

我跟着丁干事走过了一道小桥，进了村子。在村口我们遇见一位头发灰白、眼睛里有血丝的老大娘。她看见我们，就带说带笑地跑过来，两只手紧紧握一下我的右手，又捏捏丁干事的手，接连说："你们来了就好了。"丁干事可以讲一点朝鲜话，他跟她谈了几句。老大娘不肯离开我们，她一定要陪我们到疗养所去。

我们走过一些人家。大树荫下，那些用石片盖屋顶的房屋都是完好的。门前紫色的木槿花开得正繁，院内水井龙头安闲地立在那里，上了屋顶的瓜藤上有几个惹人眼的大瓜。可是我们转一个弯，就觉得眼界突然开阔了。除了几棵叶子稀少、树枝断折的栗树，和几座顶破墙垮的房屋外，前面只有一些瓦砾堆和剩了半截的烧焦的树干、树桩。还有几个穿白衣的人躬着身子在瓦砾堆上找东西：有老大爷、老大娘和十多岁的男孩、女孩。

老大娘忽然变了脸色，指着瓦砾堆咬牙切齿地说："这都是昨天烧掉的。同志，美国飞机真可恶，放机关枪，不要我们救火！要不是志愿军同志帮忙抢救，我们可苦了。"

丁干事大概说了两句慰问的话。我不懂话的内容，可是我看见老大娘接连地点头，脸上又现出笑容来。

我们走过了瓦砾堆，顺着路转了弯。就在这路口有一棵大树，枝上有一个新的伤口，一根桠枝打断了。地上有好些树叶。我看到这棵受了伤的大树,忽然想起军长的话来。军长就是在这里看见那一切的。可是他不曾讲到自己经历的危险。这棵树不止一处受伤,我又看到树干上的一个子弹孔。地上的落叶大半是烤焦了的。

疗养所在山脚,背靠着土坡,是部队自己用旧材料改建的,也是石片的屋顶、土墙和木板门。我们远远地就看见几个老大娘和中年妇女顶着东西走进那个院子去。

"她们是来看志愿军同志的,"老大娘含笑说,"昨天晚上还有人来。大家对志愿军同志都有意见,他们不肯收下送来的东西,连吃的东西也不肯收。既然是亲人,为什么不肯收呢?不对!不对!"

丁干事把老大娘这番话翻译给我听了。可是他找不到适当的朝鲜话来解答老大娘的疑问。他着急地讲了好几句,老大娘只是不同意地摇着头。

我们走到疗养所的门前。一个不到三十岁的绿衣黑裙的少妇正顶着空包袱跨出了门限。她看见老大娘,带笑招呼了一声,也给我们打了招呼。

"你昨天不是来过吗?怎么大清早又来了?"老

大娘诧异地问道。

这个少妇先高兴地笑了笑,然后说:"只有几个梨子,昨天送来不肯收,我今天又送来了。我不管收不收,放下就走。上回我在田里给炮打伤,要不是那位志愿军同志背着我跑开,替我治疗,我早就没命了。今天不收这几个梨子,我心里过不去。我说,你不肯收,那么你就把我背到田里去让敌人炮打罢。"她说完又吃吃地笑起来,而且边走边笑。她走得很快,好像害怕有人从里面跑出来追她,把梨子还给她似的。

果然有一个工作人员从里面追了出来。他看见丁干事,招呼了一声,便站在门口,用朝鲜话唤那个少妇。少妇回过头挥了挥手,讲了一句话,又继续往前急急走了。他笑了笑,看见我们还站在门前,便向丁干事摇摇头说:"这些老乡真是没有办法。"

丁干事叫他做"小金",把我介绍给他,问他所长在不在。他便引我们去见所长。

所长正在一间病房里,丁干事就在门口对他说明了我们的来意。这个四十光景、身材瘦小的人紧紧握住我的手,诚恳地说:"欢迎你来。一号首长对我们太关心了。他昨天给了我们很多的指示和帮助，还把小史留在这里帮忙。昨天这里很乱，今天已经好多了。这个病房里是我们自己的人，还有一个病房暂时收容老乡。是不是就先看这个病房？"

我跟着所长朝里走去。我站在门口听所长讲话的时候，就注意到那位陪我们走了大段路的老大娘一下子不见了。我想，她可能是到老乡住的那个病房去了。我靠墙站着，一边听所长的介绍，一边抬起眼睛看房中的六张病床，我忽然看出来那位老大娘就站在左角上的病床跟前，俯下头在对一个病人讲话。我无意地指着那个方向说："原来她先进来了。"

"她是来看小王的。昨天她守了半夜，怎么又来了！"所长微微皱起眉毛说。

我听见"小王"两个字，马上问道："小王的胳膊怎样了？"

"伤得厉害，大概要切除，"所长的眉毛皱得更紧了，他压低声音答道。"这个小青年身体真棒，他受了几种伤，都不吭声。他救了一个小孩，老乡们对他可好了。"所长停了一下，又指着小王对面那张病床说:"这个战士从火里背了一位老大娘出来,右胳膊和右边胸部都烧着了,幸好烧得不厉害。那位老大娘本来在生病,今天天刚亮就跑来了,现在还守在病床跟前。"果然那里也有一位头发花白的老大娘,坐在一只矮凳上。

"刚才有位大嫂子送梨子来,我们在门口碰上了,"我想起了那个少妇的话,便说了这样一句,也含有问询的意思。

"有的,她来过两次,我们不收她带来的梨子,她放下就走了。她一口咬定,小王救过她的命。其实,救她的是另外一个战士,早已回到连队去了。不管我们对她怎样解释,她都不相信。最后她急了,就说,总之是志愿军同志救她的。她还要求输血。昨天有很多老乡来要求输血,我们都没有接受,我们自己已经能解决了。送来吃的东西,我们也推辞了。有些人像这位大嫂子那样放下东西就走,或者不收就不肯走,我们也只好收下,后来送到老乡的病房去。"所长仍然小声地说话,免得惊扰病人,也不愿意让病人听见。我再注意地看病床,就只有靠里的两张病床有老大娘在照料。另外四张床上的病员除了小王斜对面的那一个以外，都是病刚好又受了轻伤的，他们躺在床上看小人书。小王斜对面的那个病员头上包着绷带，左边脸连眼睛都给遮住了，正睡得昏昏沉沉的。所长指着他说："这也是一位好同志，他一共救了三条命。他第二次冲进火里去，背出来母子两个，母亲已经昏过去了，还紧紧抱住吃奶的孩子。孩子的外婆赶到医院来，守了我们这位同志一整夜，天亮了，才到另一个病房看她女儿去。朝鲜老乡们就是这样：不知道哪里来的那么深的感情！可是又那么坚强！昨天才经过残酷的轰炸，今天她们仍然有说有笑……"

所长陪我和丁干事到每张病床前站了一会儿。我看到小王了。圆中带扁的脸，大大的眼睛，脸上没有一点血色。他看见我们勉强笑了笑，声音很轻地说一句："我今天好多了。"我对他讲了几句慰问的话。他微微点两下头，又说一句："请转告一号首长，我的伤不要紧。"老大娘紧紧捏住他那只完好的左手，含笑地望着他，对他说："我的好儿子。"小王对面病床上那个战士侧起身子躺着，整个右胳膊都包上了绷带。那位头发花白的老大娘坐在矮凳上眼泪汪汪地望着他,有时低声问一句话。这个方脸浓眉的战士看见我们走到他跟前,知道是从军长那里来的,便说:"一号首长太关心我们了。他昨天忙了大半天。要不是他帮忙扑灭我身上的火,我的伤不会这样轻。"我肚子里的几句慰问话到了这时都成为多余的了。我在这里站了几分钟,看见护士送药来,我才走开。

我在这个病房里耽搁了不到一个钟头,那个昏睡的伤员一直没有醒。其余三个轻伤的病员都跟我谈了话,话不多,但都说,美帝国主义比吃人的野兽更凶恶,自己回到部队去,要替朝鲜老乡报仇。

我们又跟着所长到暂时收容朝鲜老乡的病房去。一到门口,我们就听见里面吱吱喳喳,声音不高,可是讲话的人多,不知道在讲些什么。我们走进房里,整个房间马上安静下来。过了两三分钟,声音又起来了。好些人(都是女的)在招呼所长。也有人在问:"昨天那位首长还来不来?"联络员小金在这里担任翻译的职务。六张病床上只有五个受伤的老乡,可是房里却有十二个朝鲜妇女。据说昨天受伤的老乡在十个以上,不过除了那个少妇外,其余的都伤得不重，有些到所里包扎一下就走了。就是住下来的也都向所长要求，想马上回家。其实她们的家已经烧光了。只有那位烧伤的少妇头上缠着绷带，脸色白得像一张纸，颧骨高高地突起，眼睛没有光彩。她勉强露出笑容，说了两三句感谢的话。她抱歉没有能够去看护那位搭救她的志愿军同志；没有能够向那位首长道谢。她的母亲抱着她的孩子坐在她的床前，也跟着感谢志愿军同志救了这母子两条性命。

我在这个房间里站了半个多钟头，听老乡们跟所长谈了好些话。从她们的表情、语气和话的内容，我想象不到她们昨天才遭遇了不幸，现在都是无家可归的人。

我后来又到所长的房里坐了一阵，听他谈了些昨天的情况。他还谈到军长昨天讲过，要他尽先考虑怎样援助受灾的老乡们，叫他拟个简单、切实的计划。

我和丁干事在所里吃过早饭，步行到团部。我在团部见到团长、政委和参谋长，谈起来凤里的事情，才知道军长昨天到过团部，并且有过指示了。

下午政委到来凤里去了一趟,他回来后满意地说:一切都安排妥当了。可是他还来不及谈出具体的办法,军长派来接我的车子开到了。天色已晚,我也想早点赶回军部,便匆匆地告辞走了。

这次是老郑开车。他告诉我,今天搜山,在山头洞子里找到一部收报发报机,并没有抓到人。说是明天还要继续搜山。

三

我回到军部那个土屋顶、土墙壁的客房里,上海通讯员点燃了洋烛,又送来了热茶。我坐在那把有靠背的椅子上喝茶休息。上海通讯员刚刚用雨布和木板遮好了窗里、门内的烛光,军长就推开木板门进来了。

"怎么样?跑了一天也够累了罢?都看到了吗?动了感情没有?"军长一开口就发出他那亲切的、愉快的笑声,跟着就来了一连串的问话。

我连忙站起,笑答道:"不累,不累!"等到他坐下以后,我便对他谈起这一天的见闻和印象来。

他注意地听我谈下去,偶尔端起茶盅喝两口茶。我谈到团政治委员回来说,一切都安排妥当了,他点头插嘴说:"他刚才跟我通过电话。先送点粮食去,再帮忙老乡搭几间房子,他们那个团包下来了。"

我什么都谈过了,这时便提起大家对他表示感谢的事。我刚刚讲到他帮忙扑灭战士身上的火,他忽然站起来带笑地打断了我的话:"我几乎忘记了,我是给你送东西来的。"他从披在身上的大衣的口袋里掏出两小盒咳嗽糖,放在我手边那张小方桌上,接着又从军裤的边袋里摸出另一盒来,打开了纸盒,取出一颗糖放进嘴里。他一边津津有味地细嚼,一边说:"政委今天早晨从志司①回来了,送了我四盒,现在分两盒给你,这是他在志司买的。你打开尝尝看,这也是从祖国来的糖啊。"他又哈哈地笑了。

我知道他不愿意我谈他自己的事情,我也就不再往下讲了。我照他的话,打开纸盒,取出一颗咳

---

① 志司:志愿军司令部;志政:志愿军政治部。

嗾糖放在嘴里。他好像在想什么事情，一连嚼了三颗糖，嚼得发出擦擦的声音。

我不习惯于这种沉默，便又开口了，我央求道："军长同志，今天你有空，讲点长征的故事罢。"

军长抬起脸，望着我，摇摇头说："长征的故事讲起来太长，过一半天把政委也找来，大家谈谈。他讲起来更精彩。"他背着烛光，我看不清楚他脸上的表情。

"你今天先开个头也好，"我再央求道。

他又摇一下头，声音低沉地说："我现在正想到另一件事情。"他马上站起来，提高声音说："我给你讲一段我抗战时期的经历罢！"他在这个上下四方都是土的房间里踱了十多步。他的脸向着烛光的时候，我看见他的脸色发红，两眼发光，脸上的肌肉微微搐动。我正在想应当用什么话使他安静下来，他忽然开口了。

"我不知道你注意到没有，我昨天跟你讲话的时候，很激动。我参加革命二十几年，大大小小的仗不知道打过多少次，我也亲手打死不少的敌人，在朝鲜我还见过给美国鬼子屠杀的上百个妇女的尸首，我不会有婆婆妈妈的心肠。我只有对敌人的仇恨。可是昨天我流了眼泪，到晚上我还很激动。我看见老大娘，就想起从前救过我的老乡。我看见小王，就想起小朱。小朱是我从前的勤务员，小王的相貌真像小朱。我刚刚看见小王，我差一点要叫出'小朱'来。我奇怪：怎么小朱复活了！"军长停了片刻，他又在先前坐过的凳子上坐下了，端起茶盅，喝了两口小冯刚刚送来的热茶。

"小朱当然不会复活。不过我也可以说他在小王的身上复活了，"军长继续说。"昨天我想小朱的事情想了一个晚上。我并不是伤感，我越想越兴奋：小朱复活了！同志，你没有见过我说的那个小朱，可是你今天刚刚见过小王。小朱就是那个相貌。他当时还不到二十。他给我当勤务员也不过三五个月。我跟你讲讲小朱的事情罢。那个时候我在××地当卫生部长，碰到日本鬼子秋季大扫荡，我在做收容病号的工作，到了××山，我突然发了恶性疟疾。我回到××地，烧还没有退尽。过一天又厉害了，小朱成天守住我。天还没有亮，敌人把我住的那个村子包围了。日本鬼子堵住了门口。小朱叫醒我，说：'部长，鬼子来了！'我翻身就起来，当时烧得昏昏沉沉，爬墙爬不上，还是靠小朱把我推上去。我翻过墙就跑，跑了十几米，一枪打中了我。我当时只觉得身上凉凉的。我还在跑，可是敌人追上来了。我正在着急，忽然听见有人在后面大声喊：'八路军回来了！活捉日本鬼子！'这明明是小朱的声音。我不知道他有什么用意。可是我听见好几声枪响，又听见敌人的叫喊。我又跑了两步，忽然倒下去，什么也听不见了。等到我醒过来，血已经流得不少了。敌人的声音也没有了。我想小朱大概给敌人抓走了，我心里很难过。我要站起来，可是用尽力气，也没办法。我不能躺着等死，我站不起来，就爬着走，痛得我咬紧牙齿，咬紧衣角，我总算爬过了小河沟，躲在一块棒子地里，迷迷糊糊地躺着。我一嘴的血，老是呼噜呼噜地响，噎得太厉害了，我就吞一口。敌人正在河沟另一面棒子地里搜索，搜出人来就当场打死。我迷迷糊糊躺在这一面，动也不能动，我心里想敌人过来，我还有两颗子弹，总不能让他们捉活的。可是鬼子只在对面搜索一阵就走了。我听见鬼子在烧房子，在宰羊；他们在河边洗羊,我也看得见。起初我还想,根据敌人的规律,他们应该撤退了。可是他们吃过了饭,还不见撤走,仍然在山头。"

军长闭上了嘴,把右手伸到前额,朝上抹了一下,将帽檐推高一些。他又站起来,走了三五步,然后坐下去,接着说:"我本来在讲小朱,现在却唠唠叨叨地讲起自己的事情来了。好罢,我就照这样讲下去。我当时躺在棒子地里,只希望早些天黑。可是棒子的影子老是过不去。一等两等,后来看见太阳离山头不过几丈了,觉得又有了希望。想不到鬼子忽然赶着一群羊吆喝着跑下来了。我想这下可完了。羊一来,敌人就会发现我了。幸好羊有一个习惯,它们跟着带头的羊走。先头的羊已经跑到了河边,在喝水,后面的羊跟着。虽然有几只羊走得慢,敌人也不追赶,却在后面安闲地走着。有的羊走过我的身边,有的羊脚还踏在我的肚子上,吃我头上的棒子叶。我总算忍住了,否则我稍微动一下,都会给敌人发现的。羊群终于过去了。当时是初七、初八,月亮早早出来了,我现在又有了希望。我便起了爬出去的念头。我听见敌人在山头打枪,我想抬头,却抬不起来。我咬紧牙关抬起了头,两只耳朵一直嗡嗡地响着。我用力坐起来,定了定神,抓住棒子秸想站起来,还是不行,就用手支住,慢慢爬到梯田的墙根,后来就跪着,头昏眼花,看见月夜越来越黑,分不清东西南北,扶着墙慢慢地爬行。我不辨方向,费了许多力,又爬回这附近来了。我一灰心,就索性坐在石头上不动了。过了一会儿,我又有了一点劲,我的思想又活动起来了。我想,趁现在天没有亮,我还是往前爬罢。到天亮我爬进了老乡的茅草棚里面,就在那里躲起来。当天下午老乡才偷偷地进来了。他煮了一锅山药蛋,给我端了一碗汤来。我喝了汤觉得比什么都舒服。喝过汤以后,我可以把血大块地吐出来了。我又吃了两个山药蛋,喝了水。我精神好些了。我决定等天黑尽了爬上山去找部队。谁知快到天黑,我发了高烧,迷迷糊糊睡到了半夜,才醒转来。我正在着急,小朱忽然钻进来了。他看见我就哭起来。他说,昨天天亮前他跟敌人闹了一阵,差一点给敌人抓住,亏得一位老大娘救了他。他后来换了衣服出来找我,只看到一些死尸,他耽心我牺牲了。今天他又找了我一天，到处打听，碰到了那个老乡，才赶到茅棚里来。他把我的伤口包扎好了，背着我上山去找部队。我们走错了路，还不曾找到部队，天快亮了，敌人分几路攻了上来。小朱把我藏在洞子里，他搬石头把洞子堵死了。我们在洞子里又待了一天，我渴得没有办法，又发起高烧来。小朱看见我烧得难受，想出去给我搞点药，顺便打听消息，也给我捎点吃的喝的来。我叫他不要出去。他说：'部长，我不能看见你这样受苦啊。'他认为自己跟老乡的关系很好，他出去会想到办法。他不听我的劝阻，天刚发白，就搬开了堵洞口的几块石头，钻出去了。我又把那几块石头放好。过了大半天，有人来了，到我这个洞口看了一下，站了几分钟就走了。我松了一口气。可是过了不到一个钟头，鬼子又来了，这次却不走了，一直站在那里，好像在设法弄开石头。我在里面已经把枪准备好了，忽然听见下面有人在唱《国际歌》，我一听就知道是小朱的声音。我当时很奇怪：他为什么要在这个地方唱歌？鬼子叫了一声，转身就往下跑。歌声没有了。鬼子在追赶小朱，小朱等鬼子跑近了，打一颗手榴弹过去，把那个鬼子打死了。可是好几个鬼子跑过去抓他，放了好几枪，后来打伤了他的腿，才抓到他，把他带走了。我在石头缝里看得清清楚楚。他一路上骂不绝口。我在洞子里昏迷地睡过了这一天，到了晚上，组织派人来接了我出去。不用说，这也是小朱找人联系上的。鬼子在天黑前也撤走了。我向人打听小朱的消息，后来听说敌人在撤走以前把他活埋了。"

军长说到这里，闭上了嘴，站起来。他挺起胸膛默默地踱了几步，慢慢地走到我的面前，伸起右手在前额、眼皮和鼻梁上擦了一下，放下了手，又说："同志，就是这个小朱，要不是为了我，他很可能是今天朝鲜战场上了不起的英雄。我想到这样一个好青年，我怎么能不激动？说实话，这些年我就不曾忘记他。我到处看见像他这样的好青年。尤其是我们来到朝鲜以后，那些新参军的小青年真教你感动。他们不知道自己身上有多少发光的东西。"他走了几步，又站到我的面前，昂起头说："同志，我的确高兴啊。我看见好的品质天天在成长、在发展，我多高兴！我今天在这里想的不单是把美国鬼子赶下海去，我还在想我们党的事业，我们国家的前途，那都是无限光明,无限美好,要超过我目前所能想像的多少倍。我很兴奋,我睡不好觉,我在想,我也要迎头赶上啊,我在想,我怎样才不会落在这些小青年的后头!"

他又走到条桌前,在那个凳子上坐下来,忽然哈哈地笑了两声。他又拿了一块咳嗽糖放进嘴里,一边嚼,一边说:"你要听过去的故事,我倒喜欢讲今天的故事。你多到我们部队里跑跑,你会听到很多很多生动的故事,比你们作家写出来的更生动,更打动人心。同志,你可不要误会,我并不是说你们写得不生动,我是说那些活生生的人啊,不是简单几笔就写得出来的。同志,我问你,我在这里嚼咳嗽糖,是什么样一种心情,你能写出来吗?"

他这句意外的问话倒把我难住了。我应当怎样回答呢?我一时的确想不出适当的话来,我一连说了几个"这个",却接不下去。

军长又站起来,哈哈地笑了两声。他好像满心愉快地说:"我不是跟你开玩笑,这的确不简单啊。所以我劝你住下来,多看,多接触人,在我们部队里到处都是放光的红心。不瞒你说,我自己也是天天在受教育……我唠唠叨叨讲了这么多,我得走了。等一会儿我叫人来接你到我房里去,我还有一点点刚从祖国捎来的东西招待你。"他点一下头,就用一只手拉紧身上披的大衣,另一只手打开木板门,掀起雨布门帘走出去了。

我没有答一句话,我却跟着他走到屋子外面。他已经转身踏上石级朝上面走了。我站在客房前小小的空地上,抬起头还看见他的身形在往上移,坡上还有两三处亮光,深灰色的天空洒下来一点点微光。我听见流水声,原来从这空地往下走几步,就是一道小溪,溪上还有战士们搭的石板桥。我忽然听见一声枪响。我楞了一下,但是我看见坡上的亮光一下子全灭了,我也就明白了。果然传来了自远而近的机声。这时我才注意到山沟里真静,除了水声,就只有越来越响亮的飞机声。敌机在这里的上空盘旋了好一阵,没有投弹,没有扫射。我也一直站在屋子外面,听着机声,想着军长的话,想着我答不出的那个难题。我在揣想他对我讲话时的心情。我越想越觉得他的话有道理,对我来说,这的确"并不简单"。他考我,要我写出他的心情,我可能交白卷。我不能不承认在他的部队里短短的三个多月中间,我已经接触到不少放光的红心了。我觉得接触最多的还是军长的那颗心。

敌机仍然在我的头上盘旋,山沟里仍然没有别的声响。可是我忽然听见了军长的愉快的笑声。可能是他在上面什么地方大笑起来,也可能是我在回忆他的谈话,想起了先前的那几声哈哈。我这个习惯于幻想的脑子又在活动了。我好像看见了军长的心,它在放光,它在燃烧。我越想仿佛越看得清楚,我的眼睛越明亮,我的心越暖和。我在一阵兴奋中,有了主意了,我要写一颗放光的红心,即使我写不出军长细嚼从祖国来的咳嗽糖的心情,只要我能忠实地记录下来他的谈话也好。

这样一想,我连那可厌、可恨的敌机声也忘记了。我转身回到客房里,在条桌上摊开稿纸,坐在军长先前坐过的凳子上,写下我的一些见闻。我想把它当作考卷,明天送到军长那里去。

1960 年 11 月 18 日在成都

附　记　我在这篇小说里借用了一位少将同志的一段谈话。他当时是志愿军某某师的政治委员。一九五二年七月底八月初我在他那里住过几天，在我的笔记本上用整整十六页的篇幅记录了他几次的谈话。以后我又在一九五五年十一月在南京举行的授军衔、授勋章的典礼上见过他一面。我不知道他现在在什么地方。最近我翻看了那些记录，看到自己的歪歪斜斜的笔迹，很亲切地想到在朝鲜战地认识的敬爱的朋友们。请读者允许我在这里写几句话表示我对那许多"最可爱的人"、尤其是对那位少将同志的感激与怀念。

1960 年 11 月 25 日记

★

李大海

"作家同志,你也来采访李大海的事迹吗?在我们师的英模大会闭幕以后,不到一个月的功夫,同样的话我已经讲过二十几遍了。今天我也只能讲些老话,因为我准备好的就只有这么一套。它们对你也许不适用。不过你还可以下连队去访问李大海本人,同他生活一个时候,你一定会得到你所需要的东西。现在只好请你耐心地听听我的老话了。

"这些天我接待过六七位朝鲜的记者,他们那股热爱英雄的劲真不小。他们喜欢一竿子问到底,教你不得不多讲,不得不把什么都讲出来。可我们的'无畏战士'李大海却又是一个闭上嘴就不想再张开的人。你要他多讲话比什么都困难。要他讲他自己,那就要他的命了。所以我们主任交给我这个任务：要我来介绍李大海的英雄事迹，因为我写过他的立功材料，也帮忙整理过他在英模大会上的典型报告。我在宣传科工作，当然不怕讲话。可是就算我能说会道罢，我又怎么能够讲出英雄的心来呢？因此我常常不能满足他们的要求，他们就表示了要见见本人的愿望。上级既然同意了，李大海也只好硬着头皮出来。记者用了种种方法也不能引他多讲几句。他们问一句，他简单地答一句，而且答话都很平常，没有一句惊人。他们没有办法，就要求给他拍照，为他画像。这可教李大海受窘了。事后他也发过两三次牢骚：'老江，多给我宣传，有什么好处呢？仗又不是我一个人打的！大家都有份。单靠我一个人，不说打仗，就是挖一条坑道，也不晓得要挖多少年！'他就是这样的一个人。

"可是别人并不同意他这种看法。不单是朝鲜记者，连附近许多朝鲜老乡都知道志愿军里有这么一位英雄，朝鲜政府授给他二级战士荣誉勋章的消息也早在老乡们中间传开了。就在英模大会闭会的第二天，我们这一带的老乡邀请他到里人民委员会去作报告。他们已经邀请过几次了,我们首长后来只好答应。可是这样一来又把李大海急坏了。我也忙了好些个钟头,帮忙他整理报告的文字。他当然不能把英模大会上的典型报告拿去对老乡们再讲一遍。看见他那种紧张样子,我也真替他着急。他出去打仗的时候,反倒很从容,很愉快。

"那天晚上是我陪他去的。正下着小雨。老乡们穿得整整齐齐,年轻妇女还穿上漂亮裙子,拿着鲜花,来到会场。有的老大娘和大嫂子头上还顶着吃的东西。我们到了会场外面,就听见场内人声嘈杂,人们进进出出。里委员长把我们接了进去。场内的人一下子全站起来鼓掌欢迎。大家都在讲:'就是他,挂勋章的!'我们到了前面,人们静静地坐了下来。里委员长向大家介绍李大海的时候,他向大家敬礼,全场的人一齐站起来,朝着他深深地鞠一个躬,接着又是一阵热烈的鼓掌,急得他回头对我小声说:'怎么办?怎么办?'我便在背后鼓励他说:'拿出你"无畏战士"的英雄气概来。你连飞机大炮都不怕,还怕这个!'接着又是小学生来献花,又是奏乐。他没有办法,只好开口讲话了。幸好同来的联络员小尹熟悉他的事迹,翻译起来不会有困难。他报告完了,弄得满头大汗,以为可以走了。谁知老乡们把他团团围住。这一位老大娘过来摸摸他胸前的勋章,又摸摸他的宽肩膀;那一个大嫂子紧紧握住他的手;几个年轻姑娘送来朝鲜的点心;还有一位白胡子老大爷捧了一碗酒来向他敬酒。会场里没有灯。我们进来的时候,里委员长一路上划了好几根火柴,我也照那样拿火柴当电筒使用。不过会场里也并非一片漆黑,外面朦胧的月光从大开的窗户射进来。我们看得见每个人的轮廓,只是看不清楚面貌。本来是用不着亮的,而且李大海也喜欢这样。可是有些年轻妇女在下面叫起来:'我们要看看英雄的相貌!'有一个干部马上划一根火柴照着李大海的脸。他接连划了七、八根火柴,李大海涨得满脸通红,可是还有人叫看不清楚。于是人们关上窗点起了几枝火把,拿到李大海跟前来。这下子大家都满意了。老乡们把李大海围在中间,自己唱起朝鲜歌,跳起朝鲜舞来。大家有说有笑,只有李大海一个人站在那里东望西望,我看见他努力在忍住眼泪。他有时也跟着哼几声,也动动手、动动脚、做几下跳舞的姿势。这个会一直到深夜才结束。我和李大海同小尹三个人一块儿走回我们师政治部。这一次他不发牢骚了。我倒有些奇怪,便带笑问他有什么感想,他忽然抓住我的左胳膊说:'老江,你不懂,我憋了一肚皮的东西,真想找个地方好好地哭一场。'我这才又想起他在会场里忍住眼泪的事情,便问道:'你为什么想哭?你瞧,老乡们大家又歌又舞,一直在笑!'他把我的左胳膊用力摇了摇,激动地说:'老江,我看见老乡们今天那么高兴,我也很高兴。他们跟我家乡的亲人有什么不同!可是我忽然想起敌人飞机很可能明天后天来滥炸一通。这些老乡又怎么办呢?美国强盗专门欺负和平人民,他们打仗打不过,就拿老乡们出气。我想到老乡们的灾难,我心里难过极了。我恨不得一个人做十个人、一百个人的事情,恨不得从早干到晚。只要能够早一天消灭敌人,保住和平,我就是连骨头都化成灰,我也高兴。可是现在教我当英雄,做报告,受欢迎,我心里多着急啊!我算什么英雄呢?我入党宣誓的时候,对自己的要求就比去年那件事情高得多。可是我今天还是靠去年那个小功白吃人民的伙食。想想，我真着急啊！老江，好同志，以后这些事就索性请你代劳罢。我给你敬个礼！'他说到这里，就举起手对我行起礼来。小尹在旁边笑起来了。他这个意外的动作把我的脑子搅糊涂了。我听他那些话起初很感动，后来听到'代劳'和'敬礼'，又觉得好笑，等到他真的站住敬礼，我就不知道要怎么办了。我要答礼又来不及，连忙把他的手拉下来，着急地说：'你不要乱讲啊。人家要看看英雄的相貌，我怎么能代劳呢？'他又抓起我的左胳膊，用力捏紧它，正经地说：'那么，当了英雄就不要去打仗吗？'我了解他这时候的心情，知道多讲也没有用处，我就说：'你不明白，你去找我们的主任。'我们回到政治部，第二天早晨他真的去见了主任。我不知道他对主任讲了些什么话。可是以后我就多了这个差使。不用说，这也不能算是'代劳'。我先前已经讲过，有时候他仍然得出来见朝鲜的记者。他碰到这样的事情，忙了一阵、完成任务以后，有时当天回连队，有时第二天回去，他临走总要来找我，皱起两道浓眉，做出无可奈何的样子对我说：'老江，你在主任面前替我讲几句话罢。下次把这个也免了。好同志，还是请你代劳罢。你对客人多讲几句,我就免掉了。'我害怕他又要敬礼,连忙拉住他的右手,抢先说:'公事公办,你不要又敬礼行贿啊!'这么一来他也忍不住笑了,那两道漆黑的浓眉也舒展开了。他解嘲似地说了一句:'那么我们就这样分工罢,'便高高兴兴地走了。李大海就是这样的一个人。

"作家同志,你没有见过李大海,你要我描写他的英雄面貌。你自己不妨想像一下,他是个什么样的相貌。你引用俗话说:'人不可以貌相',所以你想见见李大海本人,便于将来描绘无畏战士的真实面貌。李大海不在这里,你短时间又不到他的连队去。怎么办呢?好在我手边还有一幅画,这是我们宣传科的一位干事画的,曾经挂在英模大会的会场上。请你看看这幅画。李大海就是这个相貌:四方脸,紫红色脸膛,浓眉大眼,宽肩膀,高大身材。画上这位又高又大的李大海,在闪着火光的背景里,一只手端冲锋枪,一只手拿手榴弹,押着一大群举起双手、垂下头的萎萎琐琐的美国兵。可惜画家并没有看到那个精彩的场面。我听见人说那个时候的李大海比画上的更威武,那许多鬼子比画上的更萎琐，更丑，那种贪生怕死的可怜相叫人看了觉得可笑又可恨。李大海那个班当时的班长说：'就像一个人赶一群羊一样。'其实李大海不见得比鬼子高，可是那些鬼子好像一下子就缩短了半截。他们居然不顾羞耻地说：李大海不是人，是神，所以他们六十五个敌不过他一个。有的鬼子还说：'这下性命可保全了，全靠我老婆在家天天祷告上帝，上帝保佑我。'可是我们的李大海怎么说呢？他笑笑说：'可惜那些好武器，白白给这一群贪生怕死的笨蛋糟蹋了，还抵不过我一个土造的飞雷！'那天在英模大会上，我们这个郡的女性同盟派了几个代表来献旗。那几位年轻的朝鲜妇女听说李大海一个人捉了六十五个鬼子，就把他围住，大大地夸奖一番。她们吱吱喳喳地讲个不休。他却窘得'这个'、'那个'地说不出来。后来有个姑娘伸起大拇指赞他是'了不起的大英雄'。他就说：'志愿军里英雄多得很。我却是最不中用的，连这个都比不上！'他把小指头伸了出去。就是在前天，他有事情上来，后来动身回连队去，他把我拉到小山坡上栗树下面坐下，偷偷地问我：'老江，你告诉我：真正的英雄究竟是个什么样子？'我不明白他的用意，就开玩笑说：'就像你这样：相貌堂堂，身材魁伟，脸形方正，面如重枣，跟戏里的关老爷差不多，只差一部大胡子！'他一听就着了急，拉住我的胳膊说：'呸，谁有功夫跟你闲扯！老江，咱两个是老伙计了。我的心你也猜得透。你的文化比我高，你学习的机会也多些。你说，做个英雄究竟应当怎样？'他最近常常叫我做'老伙计'。其实我还是这半年多因为整理他的材料才跟他接近的。不过这样一来，我们谈话的机会就多了。我写不好的时候，当然要去找他打破砂锅问到底。我有问，他就得回答。他认为他把自己的事情都对我讲过了。我也自以为他的事情我全知道。其实他的心我哪里猜得透？我知道他不是跟我开玩笑，我只好正经地回答他：'你自己不就是英雄吗？你这个"无畏战士"的光荣称号是志愿军党委赠给你的，是战友们一致公认的。难道你还有什么意见？'他连忙摇摇头说：'我不是这个意思。我是说，要当英雄，尤其是一个共产党员要当英雄，还应当有许多、许多更大的贡献；像我这样做了一件小事情就当英雄，太容易了。老伙计，请你抽个时间好好地替我想一想，我还应当做些什么事情，越艰苦越好，只要对祖国人民有利，对革命有利，我愿意多吃苦。'敌人的指炮机一直在天空中慢慢地绕圈子。它那讨厌的声音小一阵接着又响一阵。我们前面偏右那个山坡上有两间房子和几棵小树。这时敌人忽然打了两颗烟幕弹到那里，房子和小树全隐在烟雾里去了。李大海指着那个方向恼怒地说：'敌人又要害老乡了。我恨不得把那些炮、那些飞机全毁掉！'他站起来，说一句：'我回去了。'说实话，我对他发生了感情，我不愿意跟他分别，我就拉住他的手问他：'老李，你哪天再来？'他望着我说：'这要看你老伙计了。你能替我多挡一下，我就可以少来。'他说完，自己也忍不住笑了。他现在不再向我敬礼。他跟我握了手。他迈着大步朝坡上走去，一面低声唱《志愿军战歌》。我默默地望着他那高大的背影，一直到他跳下交通沟不见了，他那"雄赳赳……"的歌声也消失了，我才转身回到宣传科去。我一路上就在想李大海的问题。这个人的心比我想像的要复杂得多。我了解他太少了。我又想起在我们这次谈话的前两天，他出来见到我，对我说，他已经向主任要求过了：要是一时打不了仗，就调他去挖坑道，他身体壮，力气大，拿锤，掌钎子都行。他一天干两班都吃得消。作家同志，我不是在替他吹牛。我亲眼见过他挖坑道。天还很冷，他却光着上半身，抡起铁锤，狠狠地朝钎子上打，一下接一下，从来没有失过手。他满头大汗，一身泥土和石屑，嘴里还高兴地哼来哼去。他们打坚石洞，每一班可以打一个半眼，八十公分。有时他掌钎子，手也稳极了。抡锤的同志失了手，问他痛不痛，他的手给打肿了，他还笑着摇头说：'不痛，不痛。同志，你不要老打空锤啊，不然我们会落在别的班后头了。'……我现在看出来了，他这颗心要安静一分钟也不行。他这个人一刻也闲不住。前两个月他当上了副排长，住在一个班里。他什么事都是带头做，帮别人做，教别人做。他把整个班带得好像是一个人。他们真是一条心！战士们讲起副排长就像在讲亲人一样。他待他们再好也没有了。谁有困难，他就主动地帮忙解决；不懂的，他就教；思想搞不通的，他就找你一次两次地谈话。他每天晚上要给战士们盖被子，一天还要管战士们衣服穿多穿少；可是分配工作、交代任务，却一点儿也不含糊。他提起意见来也很尖锐。他对战士是这样，对我们也是这样。譬如他同我已经搞得很熟了。可是有一次我帮忙他整理典型报告的稿子，他讲我写。我要是认为他讲得不对，写好一段念念，又要他重讲；或者我就对他说明在这一段要求什么样的内容。我们已经这样地搞了一个整天，到了晚上还点着蜡烛继续搞下去。后来我实在支持不住了，拿着笔听他讲话，就打起瞌睡来。他讲了两遍，我一个字也不曾听进去，我还要他再讲。他笑了笑，慢吞吞地说：'老江，我们还是去要求首长，这个报告不搞了罢。'我勉强睁开眼睛问道：'为什么？你累了吗？'他笑答道：'我不累。你倒累了。我在讲话，你在打瞌睡，工作怎么搞得下去？我看，还是让你好好地睡一觉罢！你跟我们当战士的不同。我们当战士的一连几夜不睡觉，也顶得住。不然，怎么能守住阵地？不说我们，就拿几位师首长来说，刚入朝打大仗的时候，他们不都是几夜不闭眼吗？老弟，你还年轻，你不明白这是严肃的工作啊！'他第一次叫我做'老弟'。其实我比他小不了几岁。他讲完话仍然面带笑容。可是我给他窘得满脸通红，我的睡意一下子全跑了，我出了一身汗。我连忙向他检讨。他笑着拍拍我的肩头，温和地说：'老弟，以后要注意啊。祖国人民叫我们做"最可爱的人"。"最可爱的人"不是到朝鲜来打瞌睡的啊。'他就只有这一次叫我做'老弟'，这是他对我不满意时候的称呼。从此以后我再也不敢在工作的时候打瞌睡了。李大海让我受到教育并不止这一次。我常常讲话不注意，讲错了，我喜欢解释说是'走火'。有一回他听见了就摇摇头，皱起浓眉说：'老江，不行啊。走火，出了事故要受处分啊。'我以后也不好意思再用'走火'的话来掩盖自己的错误了。像这样的例子其实是很多的。李大海就是这样的一个人，不管大事小事，他都一样地认真。又有一回，我对他说：'遇到小事情马虎一点，也不算什么。说错了一句话，只要不犯政治性错误，也不算什么。何必这样认真，这样紧张！'他注意地望了我一会儿，忽然一本正经地问道：'我们准备典型报告稿子的时候，有一两句话不妥当，为什么一定要花许多功夫另外想出一两句换上去呢？你不是说不算什么，何必认真吗？'我又无话可答了，只好收回我那些废话。

"作家同志,你可能和有些人一样,也想知道李大海过去的事情。我自己对这个也感兴趣。可是说实话,在这方面我知道的很少。李大海不喜欢讲他的过去。我同他在一块儿工作的时候,我常常有机会跟他谈话,我也向他正式提出要求,我甚至说我整理报告,写材料,都需要知道他的过去。他却笑笑,摇摇头说:'免了罢。你就说我从前是个放羊的孩子,这就行了。'我要是逼急了,他就说:'老江,等我下次立了大功,再谈这些罢。'我知道他今年入党批准的时候,写过自传。我便问他在自传上写些什么。他笑笑说:'我们穷人出身都差不多,大家都是一样。'总之他不肯讲自己的事情。不过有一天他特别兴奋,在谈话中不知不觉地漏出了好几句。我才知道他小时候在地主家里放羊,过旧历年地主家请客,他端酒打碎了杯子,给人打得满身伤痕,赶了出来。他一路哭回家,在床上睡了好几天,那时他还不到十岁。他十四岁的时候,父亲在地主家干活,有一天地主叫人把他父亲抬回家,已经死了。他父亲生前欠了别人的债,债主马上跑来讨债,他母亲给逼得没办法，只好听伯父的劝，答应再嫁，才还清债，又把他父亲埋了。以后他就到伯父家给伯父干活，到十九岁又给国民党抓去当兵，还到过外省，过了三年，才逃回甘肃乡下来。解放以后他报名参军，后来他又参加中国人民志愿军来到朝鲜。这就是他过去的经历。我把我所知道的全讲了。作家同志，你要是能够同李大海在一起住上十天半月，你也许有办法多知道一些。我觉得这个人身上有个宝库，只要你有耐心慢慢地挖，你一定能得到许多许多发光的、宝贵的东西。

"现在我应当谈他的英雄事迹了。其实这以下的话才是我讲过二十几遍的老话。我刚才讲的那些话都是临时想起、临时讲出来的。有些采访的人不愿意听这种'啰苏的废话'。可是你们作家喜欢描写人的精神面貌，也许用得着我这些废话。所以我今天多介绍了一些。另外有些人却只想知道李大海的立功事迹，他们一见面就要求我马上讲一个人怎么能够活捉六十五个'武装到牙齿'的美国兵。其实这一段事迹，叫我讲起来，非常简单。作家同志，你虽是头一次到战地，你也能想像到李大海当时干的都是'说时迟、那时快'的事情。他下决心，他一举一动都不能有一分钟的迟疑。在紧急的关头上，最需要的是果断，他要是像有些人想的那样，来个思想斗争，展开一下内心活动，那么他很有可能给鬼子抓走了。他的决心是早就下定了的，他的内心活动在打仗以前就展开过了。有一回，我也曾问过他究竟有没有过思想斗争。他笑笑说：'鬼子倒真是有思想斗争。我也看得出来，他们一直在想究竟是打还是逃命。想到打仗保不了命，他们干脆跪下来投降！我们呢，我们上战场以前什么都准备好了！'李大海去年还是战斗小组长，他在接到切断敌人后路的任务向前插进的时候，听说上级还要他们捉几个俘虏，他就下了决心：'你鬼子武器多，我不希罕你的枪；你人少，我就要你人，越多越好！'前一天他们那个连刚刚打了一个胜仗，占领了敌人一座山头。他们接到新任务以后一个晚上又走了八九十里。他们整整两天没有吃饭，没有休息，当然有些疲劳。可是大家的情绪都很高，只想很好地完成任务，不要让打败了的鬼子有一个逃回去。他们到了目的地，李大海跟着连长跑上山头，遇见了营长。营长命令李大海这个小组马上顺着山梁往右面插，占领那个大山头，控制着山下面的公路，不让敌人从这里逃跑。他带着组里两个战士顺着山梁飞跑，到了那个大山头，找到了隐蔽的地方，就朝下面看。下面有一条小公路，公路旁有个小村庄。村里乱哄哄的，有很多人，还有汽车，有坦克。正在这时，一个战士在旁边对他说：'组长，敌人上来了。'他一看，果然有九个背枪的鬼子正在慢慢地朝上爬。他想捉活的，就同两个战士商量了一个办法。他还说：'鬼子最怕迂回包围，你们两个就在山头掩护我，让我一个人偷偷溜到鬼子背后，冷不防地打它一下，一定能够制服他们，捉几个活的回来。'他看了看地形，拉紧了腰带，把枪梭子、手榴弹都别在腰带上，一只手拿冲锋枪，一只手拿飞雷，便顺着山的右侧，爬到敌人的背后。他找到了一块大岩石，旁边尽是些马尾松，他躲在岩石后面，连气也不敢出，害怕给敌人发现。他很小心地端着冲锋枪，瞄准了几个正在慢慢往上移动的敌人，一梭子弹扫了过去。只听见一阵哇哇的叫声，五个鬼子倒下去了。可是剩下的四个敌人不但不转身逃跑，反而朝岩石这面扑过来。李大海觉得奇怪：鬼子居然有这样的胆量！他想：'你来得正好，我正要捉活的。'他端起枪等着。谁知道从岩石下面一下子钻出来一大群敌人。他注意到还有几个帐篷。他吃了一惊：'怎么会有这么多的敌人！我刚才怎么不曾注意到！'他一扣火，糟了！子弹打完了。他来不及换梭子。不过不要紧，他还有一个飞雷。鬼子先是害怕，后来看出岩石后面只有一个人，胆子又大了些，他们也想过来捉活的。几十个人拿着枪朝他慢慢走来。他不慌不忙拿起飞雷，从岩石上扔了下去。飞雷在大群敌人中间爆炸了，炸得鬼子到处奔跑，乱成一团。他就趁烟雾弥漫的时候，再装上一梭子弹，端起枪跳下去，一面扫射，一面追赶。他打得快，打得准，鬼子倒的倒，跑的跑。枪里的子弹打完了，他就捡起敌人的枪来打。鬼子只顾自己逃命，乱跑乱嚷，他们没有人来指挥了，越跑越挤在一堆。李大海赶上去，大喊一声：'站住！'鬼子们吓得失魂丧胆，一个跟着一个扔了枪跪在地上，两只手高高地举起来。他端着枪把人数点一下，不多不少，六十五个。可是现在难题又来了：这个地方离山下小公路不远，万一敌人知道了来增援,怎么办?眼前跪着的六十五个鬼子又怎么押回去?他忽然想起口袋里还带得有专门给俘虏看的英文传单,便掏出来扔了过去,同时把别在腰带上的那颗手榴弹拿在手里,另一只手仍然拿着枪,提防着鬼子耍花招。他还记得两句英语喊话,就用他那响亮的声音喊道:'缴枪不杀!''快走!'鬼子们看了传单,听了喊话,果然高高兴兴地站起来,一个个举起双手,排成两行,乖乖地朝山上走去。李大海一只手端冲锋枪,一只手拿手榴弹,押着这一群俘虏走到山头。两个战士都在山头等他。他们先前也放过枪打那些逃散的敌人,一面又在注意山底下小公路上的动静。后来班长也上来了。李大海一直不回来,他们有些着急。班长正打算报告上级,派人去寻找李大海,忽然听见树枝在响动、人们在走路,连忙往下一看:一大群敌人上来了。班长叫那两个战士准备好,自己再往下看。敌人全举起两只手,而且多数鬼子钢盔丢了,军服也破了,有的人还头破血流,一路呻吟。那个年轻的战士忽然惊喜地大叫:'组长回来了!'班长听见这声欢叫,乐得几乎跳起来,可是走在前头的鬼子却吓得扑通一声跪倒在地上。只听见李大海在后面威武地大吼一声：'快走！'……

"作家同志，我对一般来采访的人，都讲到这里为止。对你，我想更用不着多讲了。其它许多细节你根据你这几个月来的见闻也可以想像出来。不用说，单靠我这篇短短的介绍，你要了解像李大海那样的英雄人物，是不可能的。请原谅我讲话坦白，不会有这么容易的事。所以我劝你到李大海那个班的坑道里去住些时候，即使是一天、两天也好。你看看他怎样工作，怎样生活，找些机会多跟他谈谈。你一定能够比我了解得更多，也更深。你一定能写出一篇介绍他的好文章。我希望早些读到这样一篇文章。这是真话。为什么呢？因为我自己想写，始终写不好。为什么呢？因为我自己喜欢这个英雄。作家同志，你一定要去，我求你。你要是决定到他那里去，你就约定一个时间，你来找我，我陪你走一趟。今天我不行，明天也不行。后天起哪天都行，只要先跟我们主任讲好，写封介绍信到连部就行了。你答应去吗？好极了！我等着你。后天起哪天都行。你一定要来啊！再见！"

我跟某某师政治部宣传科的江干事在廊下握手告别以后，跨出了院子的门槛，走了几步，无意间回过头去。江干事也走出来了。他站在门前白杨树下，看见我回过头，便向我挥手，大声说："你一定要来啊！"他身材瘦小，脸上肉也不多。可是他身体结实，好像满身都是劲。嘴唇薄，会讲话。眼睛发亮，而且流露出一种容易传染给别人的热情。即使不是为了李大海本人，单单他这番谈话也可以引动我翻过两座山来实践我的诺言。

我的确不曾失信。可是我来迟了三天，这是"后天"以后的第四天了。我走到那个小院子的门口，江干事正从里面出来，看见我，带笑地说一声："你来了，"便紧紧地握住我的手，过了一两分钟还不放开。

"你那天讲的话我还记得。你今天可以陪我去吗？"我含笑地问道。我看见他收起笑容楞了一下，连忙加上一句："去找李大海。"

"哦！"他慢慢地吐出了这个声音。他好像记起来了，点了两下头，爽快地答道："可以，可以，马上就去。"

"那么我们一路去找主任罢,"我兴奋地说。

他摇摇头说:"不用找主任了。请你就在这里等一下,我进去讲两句话。"他匆匆地走进院子去了。

我在门口等了不到十分钟,江干事又出来了。他短短地说声:"走罢。"我就跟着他顺着门前小路,朝另一个方向走去。

他走得快,却讲得很少。我问他一句,他总是回答半句。他那张滔滔不绝的嘴,今天好像给什么东西堵住了。他也不让我看见他那对发亮的眼睛。我疑心他发了疟子,想问他是不是有病。可是他走得那么快,我刚刚气咻咻地赶上了他,他又朝前面急急走了。我跟着他翻过一个小山坡,又走了一些路,到了一座大山的脚下。他忽然在前面小树林里站住了。我到了那里,意外地发现稀疏的树林里有几座黄土盖顶的新坟。江干事不等我发问,就指着中间的一座坟对我说:"就在这里。"我惊疑地走近一看,坟前竖着一块长方形的木牌,上面有一行墨笔字"中国人民志愿军无畏战士李大海之墓"。我默默地向这座新坟鞠一个躬,然后惊愕地问江干事:"这究竟是怎么一回事?"

江干事从军服的左面口袋里掏出一个小本子,郑重地翻开篇页,取出一张折好的纸递给我,短短地说了四个字:"你看这个。"

我把纸摊开,慢慢地念着上面的字:

刘连长,孙政指,吴排长:

我们为了保卫祖国人民和朝鲜人民的幸福生活,就是牺牲了,也是光荣的。

我们就要离开你们了。我们没有能好好完成任务,多消灭美国鬼子。请你们替我们报仇,早日把鬼子赶下海去。这是我们的希望。

祝我们共产主义革命胜利!

李大海

这张纸是从笔记本上撕下来的。字虽然写得潦草,但是笔划清楚,只有最后一个"海"字笔划不全。不消说,这是李大海的笔迹。我读完这封"遗书",只知道李大海已经牺牲,可是我仍然不明白这是怎么一回事情。我把"遗书"小心地还给江干事,痛苦地问道:"他是怎样牺牲的?你那天怎么没有讲起?"

江干事叹了一口气,他压低声音答道:"那天我做梦也没有想到。要是我们那天就去,我们还可以看见他,跟他谈几个钟头。这是你走后第三天上半天的事情。这几天敌人在前面又吃了败仗,到处乱投弹来出气。那天敌机分几批轰炸他们的山头,单是炸塌他们洞子那一次,就投了五个凝固汽油弹和十二颗炸弹。洞子塌了,把李大海和班长、还有六个战士埋在里面。同志们马上冒险跑去抢救,挖开洞口的土。可是一则,敌机接连来捣乱,又投弹、又扫射;二则,洞口堆的土太多、太厚,还有一块大石头堵在洞口,挖起来很费事,所以挖到黄昏才挖开了洞子。我赶到那里,洞口刚刚挖开。一个年轻战士躺在洞口的一边,身旁有一堆土和石头,还有两把小镐和两把小锹。十字镐只有短短的一截,而且嘴尖磨秃了,铁锹也坏了。再往里走,里面住室里两个炕上,一边睡四个,另一边睡三个,都是穿得整整齐齐,身子伸得笔直;每个人都是头枕着包袱,身上盖着雨布。李大海和班长睡在一起。电筒放在他右手旁边,右手放在胸前,左手垂在腰旁。他一对大眼微微闭上,嘴也闭得不紧,两道浓眉一点也不曾皱拢。他的脸色虽然变得紫中带黑，可是十分从容、镇静、安详，好像在睡觉一样。在班长和战士们的脸上也看不出一点紧张、痛苦和害怕的表情。我们都是这样猜想：洞子炸塌以后，李大海马上组织大家挖土，想从里面挖开洞口。大家刚刚挖掉一层土，就碰到那块大石头，它把洞口堵死了。他们还用力挖那块大石头，可是小镐、小锹都磨坏了，石头也不曾动一下。在前头挖土的那个年轻战士忽然闭了气倒下了。李大海他们又用这些不顶事的旧工具继续挖了一阵。又有两三个战士快支持不住了。李大海知道毫无办法，马上教大家把身上的土弄掉，都睡到炕上去。他像平日那样照料大家睡好，替他们盖好雨布。他自己也躺在炕上，从笔记本上扯下一张纸，拿出自来水笔，用电筒照着，从容地写了一封信，放在旁边，用电筒压住，然后伸直身子盖好雨布，闭上眼睛。他身体最好，他也死在最后。他到最后一刻仍然充满坚定的信心，相信共产主义革命一定胜利，关心祖国人民和朝鲜人民的幸福生活，希望早日把美国鬼子赶下海去。他到最后一刻，还念念不忘他的上级、他的战友和他的同志。李大海就是这样的一个人。"

江干事停了片刻,忽然昂起头、挺起胸、提高声音说:"我们看见他们遗体的时候,我们把他们遗体抬到这里安葬的时候,没有一个人流过眼泪。我们主任在坟前讲了话。李大海的战友们在坟前庄严地宣了誓,他那个班的其它几个战士都来了。他给大家树立了一个'无畏战士'的榜样。同志们一致表示:为了革命的胜利,愿意流尽最后一滴血。我们在坟前唱起了雄壮的《志愿军战歌》。我们觉得好像李大海就在前面用他那响亮的声音给我们领唱一样。"

"作家同志,这就是我所知道的无畏战士李大海的最后了。"江干事就这样地结束了他这段并不短的叙述。他注意地望着我,好像在等候我发表意见。我又看见他那对发亮的眼睛,而且又感染到他那奔放的热情。我热烈地跟他握手表示感谢,他也用两只手紧紧捏住我那只右手。我们激动地对望了一会儿,我觉得睡在坟里的那个人把我们的两颗心拴在一起了。

我们离开这个地方,走了十多步,还回过头去望了两次。下沉的太阳正照到树梢,把树林照得又红又亮。江干事忽然说了一句:"老李他们睡在这个地方多暖和啊!"他的声音多么亲切,他好像是拜访了好朋友以后、兴奋地走回家去一样。

1960 年 12 月 2 日在成都

附 记 李大海是一个虚构的人物。我写这篇小说时借用了"二级孤胆英雄"刘光子的一部分立功材料和李江海烈士的一部分事迹。

★

再 见

　　四川省革命残废军人教养院课余演出队在上海演出,头三场的票子早就发光了。我在机关里分到一张第一天的票子,兴奋得不得了,当天回到家,匆匆地吃过晚饭,连忙搭电车到剧场去。我下了车,走到那条街口,就看见黑黝黝的一大群人站在剧场大门外台阶下,把街都拦断了。人声闹哄哄的不知道在讲些什么。我走过去,好不容易挤到门前。三级台阶上都站满了人。我拿着票子朝人缝里走,刚走上一级,忽然从右面伸过来一只手,拉住我大衣的袖子,把我拉了下去。我吃惊地回头去看。原来是一个在出版社工作的朋友。他用羡慕的眼光望着我手里的票子,笑问道:"你有没有多的?"我摇摇

头说:"我就只有这么一张。"我又问他:"你是不是约了熟人来?"他失望地答道:"我自己没有票子,哪里还敢约别人?"我只好安慰他道:"过两天我设法给你要张票子。像你这样等票子,不见得有用处。"他笑了笑,说:"我已经等了半个多钟头了。我告诉你,这些人都是像我这样在等票子的。大家都想见见最坚强的人!好罢,我总算等到一张了。你一定要给我啊。"他跟我握了手表示感谢,就转身走了。我看见大群的人涌进剧场,知道时间快到,心里有些着急,第二次要挤到台阶上去,才发现铁门拉起来了,只留下一个可以容两人同时出入的空隙。不过,门外的人都很守秩序,高高地举着票子,依次进去。我正站在人们后面静静地等候轮值,又有人把我拉走了。这一次找我讲话的却是一位中学教员,手里还牵着他那个十岁的儿子。不等他开口,我就知道他在打我手里这张票子的主意。我先声明我只有一张票子,也没法找到第二张。他就爽快地说出来他的要求。他奔走了一天,从朋友那里要到两张票子,可惜有一张是明天的。他希望我把今天的票子换给他,让他们父子一块儿进场。否则只好

"麻烦"我把他的儿子带进去，随时照料一下，他在散场的时候，到剧场门前来接儿子回家。他说，他儿子听见学堂老师讲起"最坚强的人"的事迹，很受感动，吵着要看这些"叔叔"、"阿姨"们的表演，他也愿意让孩子受一次深刻的教育。总之，他的理由很多。我不能说他的话不对，我又知道他的住处离剧场相当远，而且，那个圆脸小孩一直不眨眼地望着我，多么希望我答应他父亲的要求！我什么话也不讲，就把今天的票子交给他，从他的手里拿过来明天的票子。父子两个那种高兴的样子简直不用提了。两个人同时说一声"谢谢"，就跑到台阶上去了。这时有票的人都已经进去。两面铁门中间的空隙倒显得很宽了。只有几个来迟了的人匆匆地走进那道关口。父子两人一下子就不见了。

时间已经到了。铁门虽然不曾关上，却已经拉拢了。可是那许多等票子的人仍然站在寒风里，舍不得离开。我又望了望剧场门口明亮、温暖、亲切的电灯光，便掉转身，迈着大步往电车站走去。

我在八仙桥的站台上等电车。我背后人行道上一家商店早扭开了无线电收音机，从那个大喇叭里送过来演出队张家琛同志的朗诵：

> 祖国的命运就是我们的命运，
> 我们永远和祖国心连心。
> ....
> 只要我们心脏还在跳动，
> 就要坚决为共产主义斗争！

我掉过头去。商店门前聚集了十几个行人，他们静静地听着这首诗。

从北站开出的五路电车到了这个站台。我跟在十多个人后面上了车。电车上并不怎么拥挤，只有几个人没有座位。车轮吵闹地在轨道上前进。人们在车厢里谈起四川省革命残废军人的表演，有的人看过了电影短片，有的人读过了《人民日报》上的介绍文章，有的人知道一点点他们的事迹，有的人在北火车站见到欢迎他们的动人场面，有的人参加了慰问团到过朝鲜。不知道怎样，这些人居然凑到一个车厢里来了。大家你一句我一句地谈下去，好像一些熟朋友在一起谈家常一样。还没有轮到我发言，电车就到了我应当下去的站头了。

我到了家。家里的人很惊奇我怎么回来得这么早。她们又拉着我问这问那，要我谈些演出队同志们的事情。她们刚刚从收音机里听完了朗诵诗和女声独唱《不见英雄花不开》，十分激动。我只好把换票子的事老实地对她们讲了。我实在谈不出什么，我女儿就出来讲话了。她是初中二年级学生，在学校里听见老师讲过四川省革命残废军人演出队的故事，又和同学们集体去看过新闻短片《最坚强的人》，还读过几篇介绍他们的文章；她知道谁跳什么舞，谁唱什么歌；哪一个节目最感动人，哪些表演最精彩……她谈起来头头是道。她不但知道得比我多，而且她的话打动了我的心。我把票子换给别人，自己并不后悔，家里人也没有批评我。可是我恨不得马上飞到剧场去。就是在那里站三个钟头，只要能听到英雄们响亮的声音，看到英雄们愉快的舞姿，我也情愿。

然而我不能不等了一个整天，才走进剧场。我坐在池座上，看到幕拉开，舞台上出现了站成上下两排的服装整齐的部队歌手，他们一个个挺起胸，昂起头，脸上露出表示衷心愉快的笑容，多数人胸前挂着金光闪闪的抗美援朝纪念章。年轻的指挥举起手来,他的指挥棒一动,《大合唱》就开始了。这是演出队自己编写、自己作曲的新歌;这是歌颂总路线、歌颂大跃进、歌颂人民公社的英雄的凯歌。全体听众用那么热烈的掌声表示他们的感动和兴奋。面向着歌手们的指挥便掉转身来向听众们致谢。我才看出他就是整个脸和两只手全给汽油弹烧伤了的涂伯毅同志。《大合唱》以后又是很雄壮的《十月联唱》。坐在我旁边的那个年轻干部把手都拍红了。这下面的节目有诗朗诵,有快板,有口琴合奏,有竹笛独奏,有东北民间歌舞《闹元宵》,有四川清音《放风筝》,每个节目都得到观众们经久不息的掌声。我也激动得厉害。我觉得在这个剧场里我不仅看到出色的表演,我还看到了最坚强的心。舞台上的同志们把自己鲜红的心掏出来给我们看,那些心就在舞台上燃烧,放出来强烈的光和热,照到、烧到我们的心上,照出那些肮脏的东西,烧掉那些肮脏的东西。我有时感到毛骨悚然,同时又有无限兴奋的感觉。我忘记了周围的一切,只想到台上的同志们和我自己。我不能不时时拿自己跟他们相比,有时为我自己惭愧得满脸通红,有时又为他们感到无上光荣。

"了不起!真是奇迹!看得我又难过,又高兴!我现在有更大的信心了。想想看,他们都能够,为什么我不能够呢?"我旁边那个年轻干部一面拍掌,一面很激动地对他的女朋友说。

"我觉得我们自己生活的安排也应当重新考虑一下。我们过去总是替自己打算得多些,"那位两根小辫垂到肩头的年轻女同志小声答道。她那张鹅蛋形的脸也是红红的。她把头埋下去了。

就在这个时候,双目失明的一等革命残废军人谢立云同志①在台上出现了。我先前在节目单上看到这个名字觉得很熟,却想不起什么时候见过他。现在看见他的面貌:长方脸、浓眉毛、大鼻子、厚嘴唇,又听见他的声音,我断定我在朝鲜前线见过这个人,而且跟他谈过话。可是我仍然想不起我们见面的地方。

谢立云同志坐在台上,怀里抱着"鱼鼓筒",左手打一对"剑板",右手敲"鱼鼓",从容地唱起他

---

① 谢立云是一个虚构的人物,四川省革命残废军人教养院里并没有这样的一个人。

自己编的《人民公社好像初升的太阳》来。他用生动的形象化的语言介绍人民公社的优越性，仿佛一位讲解员引着我们去参观人民公社一样。我很奇怪，没有眼睛的人会看得这么细，这么清楚。生产的发展，人们精神面貌的改变，共产主义的美丽远景……没有一样逃过他的眼睛。他唱得那么自然，那么愉快。他带着满脸的笑容，熟练地动着两只手和一张嘴。只有他的两眼紧闭，而且微微凹进去。不过两道浓眉并不曾聚拢。不用说，他不会看见这个剧场。可是他好像比我们看得更多，他看见他唱的那一切新人新事，他看见那一切激动人心的场面，他看见……

我的眼光又落到他胸前挂的抗美援朝纪念章和朝鲜军功章上面，我忽然想起来了：他还有一对又大又亮的眼睛！他就是那个步行机员。我六年前在朝鲜开城附近见过他。我们在一个连队里见面，我们分住在两个靠近的洞子里。开饭时候，我们和连长、指导员、文书、通讯员们都蹲在洞子前面空地上吃饭。我们在一起不到一个星期，他比我先来，也比我先走，他回到团直属的通讯连去了。以后我就没有再看见他。后来我又到了别的单位,更无法知道他的情况。是的,就是这个人。一定是他。我当时用的那个笔记本上还有他的亲笔签名。这样一想,我兴奋极了,在座位上也有点坐不住了。刚巧这个节目演完、谢立云同志在雷鸣般的掌声中下去以后,报幕员出来宣布"休息十五分钟",观众们纷纷站起来,陆续走出场去。我抓住这个机会,连忙从右面一道太平门穿过走廊,走到后台。

我说明我要见谢立云同志。有人把我引进一间小小的休息室,我不过等了两分钟,他就在一位胖胖的护士的扶持下走到了我的面前。我先开口说:"谢立云同志,你还记得我吗?"我用两只手紧紧捏住他的右手,高兴地大声说:"我叫××,一九五二年下半年我们一起在开城附近住过几天。你有任务先走了。"

他也把左手伸过来摸我的手,摸了一两分钟。他忽然笑着接连点头,亲热地说:"我记得。我们在一起共过患难,我们那两个洞子都给雨冲垮了。"

我接下去说:"对,我们那天刚搬走,过一个钟头就下起大雨来。我那个洞子晚上就垮了。"

"是这样。我的洞子到第二天下午才给砂土堵死。你当时还不肯搬。我看见洞子靠不住了,土大块大块地掉下来,地下也在冒水,再要下一场大雨,我们即使不埋在里头,也要受伤,我才劝你搬走。指导员因为我住在你隔壁,他要我照顾你。他还交给我一个任务,要我说服你搬开。前一天晚上虽然没有出事情,可是指导员一夜没有睡好觉!"他只顾兴奋地说下去,忘记叫我坐,也忘记自己坐。我也是这样。我们谈了一会儿,在旁边照顾他的护士同志却讲话了。她含笑插嘴道:"你们坐嘛。坐下谈话更方便。"她说了就把谢立云同志搀扶到那张靠壁放的长沙发跟前,让他坐下。我也走到那里,就坐在他的左边。护士同志又给我们端了两杯茶来,放在沙发前那个长长的小茶桌上,就出去了。她掩上门的时候,还对我笑笑,说了一句:"你们多谈一会儿不要紧。"

"对,你说得对。我那个时候没有一点经验,给指导员添了好些麻烦,"我坐下以后,就接着他先前的话带笑说;"我记得我搬到老乡的房子里,你还来看过我。我们坐在廊上谈了一个多钟头。"

他笑道："是啊，你记性真好。"他伸过右手来，想拉我的手，我也把右手伸给他。他又用两只手拿着我那只手，轻轻地摸它。"我还记得，我们的任务改变了，我搬到连部那个洞子住了一天，第二天不到天黑，就回到通讯连去了。你还送了我一节路。"

我接连地点着头说："对，对。你背着步行机，拿着天线杆子，走得真快。我们分手的时候，你还说过要给我写信。"

他马上接下去说："我本来要给你写信。可是我回到连里，过两三天又出去了。不久，战斗打响了，我就挂了花回国了。你也想不到我会比你先回国，在国庆以前我就离开了朝鲜。"他说到挂花，声音就有些低沉，再说到"离开朝鲜"，声音更低了些。他听见场内响起了铃声，便换过口气说："下半场就要开始了。你可以进场了。"

我不愿意在这个时候离开他，也不想使我们的谈话就这样地中断，因此向他表示："我不晓得你现在有没有空，你要是有空，我倒愿意跟你多谈一会儿。"

他刚刚扶着沙发的靠手站起来，听见我的话，高兴地点头说："我有空，我有空，"又坐了下去。他忽然补问一句："你不看后面的节目吗？"

"不要紧，我下次看也行，"我毫不迟疑地答道；"我们分别了六年，见一次面也不容易啊。"

"是啊，是啊！可是我们到底再见面了，大家都很好。"他含笑地说；"你好罢？我想你一定很好。你看我也很健康啊。"他把头抬高，胸口挺起，两只手微微张开，好像要让我一眼看明白他的身体很强健似的。

我先前在台下就看清楚了，现在又看了他一眼，便称赞道："你的确很健康，比我上次在朝鲜看见你的时候，还要好些。"不用说，我有意避免提到他那对发亮的眼睛。此外，他的确像一个身心都很健康的人。

门给人推开了，那个胖胖的护士走进来，带笑地说了一句："你们还在讲话。"要不是她开了口，我几乎认不出来了。她已经化好了妆，梳一根松松的大辫子，穿一身粉红色的短衫裤，再系上一条绿色围裙。

谢立云同志不知道她快要上台参加表演了，听见她的声音，就说："同志，我碰到老朋友了。你让我们多谈一会儿罢。"

护士同志满意地笑了笑，说："你们谈罢。等我卸了装再来接你。"她走到门口，还回头看我，含笑道："同志，请你多多照顾他啊。"

我也带笑地点一下头，答道："好，我会照顾他。"

她掩上门以后，我们又继续谈起来。

"我真高兴，会在上海碰到你。"他拉着我的袖子说。"我还记得，那一天下了几次雨，我们那两个洞口的土开始垮下来，水也流不走。我在我的洞口用空罐头舀水往外倒。你也在你那个洞口拿铁铲一铲一铲地把落下来的砂土弄走。我们一边讲话，一边动手，后来指导员带了两个通讯员来帮忙。……"

我不等他讲完，就接嘴说："我也记得，我睡到半夜，黑暗中给一个大的响声惊醒了，我还以为敌人的炮弹打到洞口来了。我忽然听见你大声喊我。你耽心洞子垮了，连忙带着电筒跑过来看我，不管我同意不同意，就卷起我的铺盖和垫被，硬把我拉到你那个洞子里去。我就在你那个炕上睡过了这一夜。"

"对，对！听你这样说，我觉得好像还是昨天的事。"他不停地点了好几次头，等我讲到一个段落，他又开口了。"我在朝鲜过了两个雨季，只过了一个冬天。现在在朝鲜已经下雪了。在上海倒还暖和。"

"我也还记得朝鲜的大雪。在雪冻起来的'玻璃马路'上，我不晓得摔过多少跤。"我感到亲切地回忆道；"我也觉得好像就是昨天的事情。我刚刚到三连的时候，那天我们吃过晚饭，你在洞子前面空地上试验步行机。你打开机器，听见敌人讲话的声音，你把耳机给我戴上，我听见鬼子军官在发脾气骂人。"

"对，对，我都记得。不到一个月，我就用上它立了功。"他也在回忆当时的情景。

"你立了功，为什么不早告诉我？"我高兴地插嘴说。话出了口，我才想到他就是在那次战斗中负伤的。

"是啊，我当初讲过要给你写信，你给过我地址，"他把头向我这面伸过来，又拉住我的一只手，慢慢地说。"可是从阵地下来以后，我怎么能写信呢?那些时候我向你讲什么话好呢?"他渐渐地提高了声音,"现在好了,我可以亲口对你讲了。我从阵地下来,左腿挂了花,两只眼睛看不见,一个耳朵也聋了。腿同耳朵后来都医好了。只有眼睛没有办法。我下来以后有一段时期的生活已经记不清楚了。不过我还记得阵地上的情形。"

他停了一下,放开了我的手,伸手到小茶桌上去摸什么东西。我知道他要拿茶杯,便把那个高高的玻璃杯递到他的手里。他双手捧起杯子放到嘴边。我就说:"谢立云同志,你要是记得,谈谈也好。"

他喝了两口茶,就放下杯子。"我说!我说!"他带笑地说起来;"我今天碰到在朝鲜认识的熟人,真高兴。你愿意跟我谈,我怎么不想多讲几句?不过阵地上的事情讲起来也很简单。我们那次分别以后,不到一个月,在拿下八九点六高地的战斗中,我同叶敏两个跟在一营的文参谋长后面冲上了山坡。你大概还记得叶敏同志罢。他是小个子,也是我们的同乡,那次你到三连的时候,他还在那里,跟我住一个洞子,过一天他就先走了。我同叶敏两个当时正在朝上跑,敌人的炮弹就在我们的四周爆炸。

等我们两个跑上主峰，找到文参谋长，两个人都挂了花，他伤了左膀，我伤的是左腿。尽管伤口痛，这点轻花实在算不了什么。上面到处都是敌人丢下的东西，还有鬼子的尸首。同志们忙着加修工事。我和叶敏找到了一个简单的洞子把机器安起来。我跟叶敏商量好，他负责电池和天线，我负责通话，一定要好好地完成任务。他插起了天线杆子，我打开机器，文参谋长跟团指挥所联络上了。我在机子里听到敌人忙乱的叫话声，就报告文参谋长：敌人联络很忙。文参谋长说：'鬼子一定在准备进攻。'他一面吩咐同志们作好迎击的准备，一面叫我用暗语向团指挥所汇报了情况。他还特别嘱咐我们要保护好步行机。他说：'等一会儿就要看你们了。你们要保证通讯联络畅通啊。'我们两个都说：'首长放心，只要人在，机器就没有问题。'果然第二天天蒙蒙亮，敌人就开始反扑了。先是几架飞机来狂炸，然后一阵一阵排炮打过来，跟着鬼子就顺着山坡朝上爬。天线杆子同天线给敌机炸断了几次，都让叶敏一节一节地找回来接在一起了。联络始终没有断过。文参谋长发觉鬼子偷偷朝上爬的时候，他命令我赶快要求炮火支援。我害怕机器会给震坏，一直把它垫在腿上，抱在怀里。我当时正瞪着眼睛、张着嘴对着送话器大声讲话，忽然一颗炸弹落到洞子前面，轰隆一声，不知道有多少砂石、泥土一齐打进洞来。我的帽子同耳机都震掉了，我满嘴、满眼、满脸都是砂土，我一下子痛得麻木了。我听见文参谋长在喊我，我马上清醒过来。我连忙吐出嘴里的砂土，可是两只眼睛都看不见了。我想：不要紧，只要嘴能说话就行。我继续向团指挥所传达文参谋长的要求，赶快用炮火来杀伤敌人。我拼命大声地喊，我才发觉我的左耳也震聋了。我伸手去摸到了耳机，把震断了的耳机线接好。我喊叶敏，也不见他答应，我后来才晓得他已经牺牲了。我找不到叶敏，就伸手到处摸，把电池也找到了。我放了心，把电池放好，靠自己瞎摸来换掉已经烧得滚烫的电池。这时我们自己的排炮已经打过来了，敌人的反扑也给打垮了。我们一连打退了敌人几次的反扑。鬼子丢下好多尸首逃跑了。后来文参谋长又要求增援一个班。一个班的战士很快地就上来了。真是要炮炮到；要人人到。这回步行机比什么都灵。敌人后来又反扑了两次，仍然让我们打得落花流水。他们以后就不敢再上来送命了。"

他眉飞色舞地谈了上面那一大段话，他的手也时时在比划。他是那么兴奋，好像他不是坐在沙发上，却仍然坐在那个小小洞子里，抱着步行机一样。说到最后他才渐渐地平静下来，声音也低了些，他又说："我从阵地上下来，就给送回祖国了。"

我听见从他嘴里吐出来的"祖国"两个字，感到非常亲切。我们在朝鲜的时候，就常常用这样的声调讲起祖国。我回到国内却难得听见人们把这两个字当作非常具体的东西，用那么深厚的热爱和怀念来讲它。他这么一讲，把我也带到当时的朝鲜战地去了。我带着强烈的感情插一句嘴："是啊，我们的祖国！"

他连忙用低沉的声音接下去说："可是我刚刚到东北医院里的时候，我思想上还有些搞不通。像这样回来，怎么对得起祖国呢？况且眼睛瞎了，耳朵聋了，左腿又挂了花，成了残废，以后又能做什么呢？难道要祖国养我一辈子吗？我自己不能替祖国做事情，我还有脸向祖国伸手？我想来想去，难过极了。可是我起初不肯暴露我的思想,把什么都憋在心里头。不过护士同志常常给我读报,讲各方面的新人新事,又讲些模范伤病员、休养员的故事,我的思想渐渐起了变化。我开始觉得自己不应当消极,不能让这点困难就逼死我。志愿军里头有多少坚强的人,未必偏偏我一个人不中用?我也想通了些,就把我的思想向大家讲了。这样一来,我更得到医院负责同志和别的好多同志的帮助,思想的问题算是慢慢地解决了。我完全不悲观了。后来我的腿医好了,左耳也有了很大的进步,我就回到成都来,进了教养院。我们在院里的生活、学习、劳动等等,这两天上海报纸上都有介绍,我们秦队长在每次演出前,也谈了一点儿。我也就不讲了。最好请你到我们院里来亲眼看看。的确值得看一下。"(我插进了一句:"我要来。")"在教养院里我学到的东西真多:我学会了念盲人书报;我学会了搞一点儿轻微的劳动;我学会了编快板、编唱词;我学会了写歌子、写文章。我们也上政治课,也学习时事,进行讨论。这几年来我们祖国的大事小事,我都晓得。我才明白我的心眼并没有瞎。我编过不少的快板、歌词,歌颂那些惊天动地的变化,来采访的记者同志拿走了几篇,在报上发表了。"(我这时又插嘴问一句:"你什么时候学的竹琴?")"竹琴吗?学得不久,还是这两年才学的。"(他愉快地微微一笑。)"我十三、四岁的时候,爱听贾瞎子的竹琴,什么《华容道》,什么《处道还姬》,他那三个'罢'字给我的印象特别深。我高兴的时候也学着哼两三句。后来我们院里办晚会,自己搞节目。我听见只有一只手和一只眼睛的易如元同志吹竹笛吹得那么好,又听说两只手都截掉了的黄天然同志打乒乓球打得那样精彩,我什么困难都不怕了。我对任何事情都有勇气和信心了。我就自己练起竹琴来。我一边练,一边回想贾瞎子那些有名的唱腔,越想越有味,很快就学会了。不过我这是无师自学。要唱旧的节目,我连词都记不全,也编不来;况且我又会编几句快板、歌词,为什么不唱点新人新事?所以我就编了些新词来唱。我头一次上台表演,唱的是我们教养院的生活,同志们都听得很高兴。大家常常鼓励我,供给我材料,以后我又编了好些新节目,有的给自己唱,有的给别的同志唱。我昨天晚上表演过后,今天上午有位记者来采访消息,这是一位女同志,她问我:'你在五二年眼睛就看不见了,怎么能参观人民公社,看得这么清楚,写得这么形象化?'我回答她:'我眼睛瞎了,心不瞎。不但人民公社,我什么都看得见。等我回到教养院,我还要写篇歌词唱唱你们的上海,唱唱上海人民的生产干劲,唱唱上海人民接待我们的热情。'她还是不大相信我的话。我又说:'同志,我看不见你,我却晓得你人胖胖的,脸红红的,身材高高的。不消说,这是别人对我讲的。我晓得你心里还想说:'在旧社会,残废的人为了生活,只好卖唱、算命、上街要饭;在今天的新社会,你们不肯睡在床上让国家白白养活你们,你们还要苦学苦练,"没有眼睛照样读书看报,没有双脚也能疾走飞奔";你们真不简单,真是最坚强的人啊。'我说到这里,听见她噗哧笑起来,我又往下说:'其实这很简单,很平常,连你也办得到。你想,连我们残废的人都能够,像你这样健康的人还不能够吗?我们都是一样热爱共产主义事业的人,都愿意为这个伟大的事业多做事情。既然愿意,就干嘛,就加油多干嘛。我们想告诉观众的就是这几句话。我们的观众也懂得这个。'我又问她是不是党员。她说申请报告已经打上去了,可是还没有批准。我说:'那么你就努力争取嘛。我在朝鲜的时候并不是党员,我还是眼睛瞎了以后入党的。同志,你记住我的话:努力争取嘛。'这位女同志把我的手握了几次,高高兴兴地走了。我看她倒是个好同志。她说以后还要来找我。……"

我们正谈得很高兴,卸了妆的护士同志进来干涉了。其实她已经进来了好一会儿,静静地站在门口听他讲话,到这时她开口了:

"谢立云同志,你应当休息了。你今天从早晨到现在就没有歇过嘴。现在是最后一个节目,快要散场了。"

"好同志,这是难得见面的老朋友嘛,让我们再谈一会儿好不好?"谢立云同志把脸掉向声音来的方向带笑地央求道。

"不能通融了,这是秦队长交给我们的任务。"她笑答道。她又含笑地向我点头示意。我忽然想起她先前对我讲的那句话。我当时明明答应了她,可是她一走我马上忘记了。我并没有照顾过他!现在又看见她的笑容，我也只好站起来。我拉起谢立云同志的手，紧紧地握着，一面说："我要去看最后一个节目了，你也好休息一会儿。"

他也站了起来。在我要松开手的时候，他却把我的两只手拉住，亲切地说："你去看罢。张家琛同志两只手都截掉了，他不但能弹琴写字，他还会拿扇子跳舞。这不简单啊，的确值得一看。"这次倒是他自己说出了"不简单"三个字。

我打算走了。可是他仍然拉住我的手。他刚刚拿开一只手，马上又把它放在我的藏青呢制服左肩下的口袋上面，慢慢地摸了一阵。他惊讶地问道："同志，你怎么没有戴上纪念章？"

"我害怕弄掉，放在家里了。"我不在意地答道。我的眼光却停留在他胸前金光闪闪的抗美援朝纪念章和深灰色的朝鲜军功章上面。

他摇摇头惋惜地说："同志，你今天应该戴啊。我们演出队的同志大半都到过朝鲜。我还记得，那天半夜我拉你搬到我的洞子里去，还把你的纪念章掉到水里头了，后来用电筒照着捡起来的。"他笑了笑，便放开了两只手。护士同志在旁边用眼光催我走，我便趁这个时机告辞出来了。我走到门外，还听见他那充满感情的声音："再见！再见！"

我到了台下，还来得及看见张家琛同志和涂伯毅同志的活泼、轻快、欢乐的舞姿。幕落下以后，只听见一片暴风雨般的掌声，观众们一齐站起来，拼命地鼓掌欢呼。幕又升起来了。人们拿着花束跑上台去，向全体表演者献花。演出队的同志们都站在台上。我又看到谢立云同志了。他站在张家琛同志和涂伯毅同志的中间，昂起头，挺起胸，满脸笑容，整洁的军服上，军功章和纪念章灿烂地发亮。他后来把花挟在腋下，兴奋地鼓起掌来。

幕落到第三次，观众们还在热烈地鼓掌，不肯散去。于是又升起了幕，台上的人把花一枝一枝地抛下来，台下的人又不停地将花枝抛上去，大家尽情欢呼，好像在过欢乐的节日一样。

我最后跟着拥护的人群走出了剧场。我刚刚走下台阶，前面有几个年轻人用激动的声音谈话，我只听见一句："我们这个时代真伟大！"他们已经跑远了。

三天以后我又到这里来过一次，我还替那位出版社的朋友找到了一张票子。我又听到谢立云同志的竹琴节目《给美帝算命》。他用生动的、形象化的语言，揭穿了美帝国主义的强盗面目，揭露了它的阴谋，讽刺了它的丑态，严厉谴责了它的罪行，最后指出了美帝国主义的注定的灭亡，真是一篇痛快的好文章。我在他谢幕以后，本来还想再到后台去找他谈谈，可是听说最近他心脏不大好（他那天向我隐瞒了他的病），我便不敢去麻烦他。这以后，我下乡去了一趟。我不曾注意到日子过得那么快，我回到上海，我的女儿马上告诉我，她已经在文化广场看过了演出队的表演，并且听过了广播大会上的精彩节目和秦队长的告别讲话。她还说演出队快离开上海了。第二天上午、下午我去沧州饭店拜访谢立云同志，不巧两次都碰到他到华东医院检查身体去了。我只打听到他们下一天搭火车到南昌去。第三天上午我又匆匆地赶到沧州饭店，演出队正在开总结会，同志们男男女女坐满了一个大房间。我不便打扰他们，就站在会议室门口跟谢立云同志谈了几句话。我问到了他们当天下午从沧州饭店出发的时间。

李大海

可能是我听错了话,也可能是他当时没有讲清楚,我下午赶到北火车站的时候,演出队的全体同志都已经在车厢里坐好,送客的人们也早到齐了。人们隔着朝上推开了半截的玻璃窗谈话。有的还紧紧地拉住彼此的手不肯放;有的一个人同时对几个人讲话,又用眼光去找寻更多的人。我来迟了。我只好慢慢地穿过人丛,用眼光找寻车窗里的熟面孔。

我见到了年轻诗人张太明同志,这个"没有双脚也能疾走飞奔"的英雄,我见到了下肢瘫痪的女歌手何长俊同志,我见到了张家琛同志、涂伯毅同志和别的许多同志……,他们都在跟车窗外送行的人亲热地谈话。我最后才在一堵只打开一个缝的玻璃窗的角上看到了谢立云同志的长方脸,他和也是双目失明的樊宁然同志(他的"金钱板"唱得多好!)坐在同一个窗口,正在跟车窗外月台上一个高身材的年轻女同志谈话。我连忙跑到窗口,大声喊:"谢立云同志!"他一面答应,一面从窗缝里伸出一只手来。我紧紧拉住他那只手,高兴地说:"我到底找到你了。"

"我在等你,我晓得会再见的。"他的声音不高,也不急,里面却流露出很深的友情。他接下去再说一句:"而且以后还会再见的。"

"我来晚了。"我又感动、又抱歉地说。

"不晚,不晚,我们来得早一点。"他带笑说。

"你下次来,一定请你到我家里坐坐。"我恳切地说。

"我一定要到你家里去看看。你也要答应到我们家里来啊。"

"你们家?"我楞了一下,无意地说出了这三个字。

他答道:"你晓得我家里的人都给国民党保长害死了。不过你忘记了我还有个很温暖的大家庭。"他愉快地笑了笑,又加一句解释:"我们那个教养院……"

我不等他讲完,连忙点头回答了几个"对"字。

他又说:"我有篇东西想拿给你看,可惜来不及了,等将来改好了再寄给你罢。不过方同志前两天帮忙我整理了一份稿子,你若是等不及,向她要来看看也好。我写的是《上海工人干劲大》。你一定能帮忙我修改。"他便把我介绍给方同志。我早已看出来她就是谢立云同志上次讲过的那位记者，果然是"脸红红的、身材高高的、人胖胖的"姑娘。她刚刚跟樊宁然同志谈了话，听见谢立云同志的介绍，马上爽快地对我说："等我抄好，一定给你送一份去。"她还要讲话，可是列车员同志过来通知我们，快往后退到白线以内，说是要开车了。

这样一来，什么话都讲不出来了。但是月台上人声却更嘈杂。我刚刚说了一声："要再来啊！"火车就慢慢地动了。我不停地挥着手，不停地大声喊："再见！"我看见谢立云同志也在窗内挥手，还听见他用带哭的声音高叫"再见"！樊宁然同志也是这样。我跟着列车跑了几步。在月台上朝前跑了好几步的人很多。我还看见涂伯毅同志眼里的泪珠；张太明同志站着在挥手，他的眼睛也是湿的；何长俊同志坐在窗口接连地说："我会再来的。"眼泪已经落到她的嘴唇上了。

一片"再见"的声音送走了列车。送行的人都散去了，我还站在月台上望着已经伸进了苍茫暮色中的空空的轨道。忽然一只手伸过来抓住我的左胳膊，一个女同志的声音说："我真想跟他们一道去。"

我回过头,意外地看到方同志的红红脸,现在连眼睛也红了,而且满脸都是眼泪。

"不要难过,谢立云同志不是说还会再见吗?"我同情地安慰她道。

"不!我不难过!我是兴奋啊!"她一面分辩道,一面用手帕揩去脸上的泪痕。她还害怕我不懂她的意思,又解释道:"我为什么要难过呢?我天天想到他们,学习他们,我会天天跟他们再见。……"

我跟她在车站大门外分手以后,走在灯火辉煌的街上,我还在思索她的话,她这个解释倒是我不曾想到的。

1960 年 12 月 10 日在成都

团　圆

我从王主任的房里出来，雪早已住了。山坡上一片白色。石头砌的山路一级一级蜿蜒地伸到下面去。王主任住在半山。我的住处在山下。我在这个军的政治部作客已经一个多星期了。晚饭后我常常同王主任散步到山沟口；有时我也到他的房里坐坐，听他谈些战斗故事。王主任才四十出头，比我年轻，可是他知道的事情很多。他喜欢讲话，要是兴奋起来一口气讲两个钟头，也不让人插嘴。我同他可以说是"一见如故"。我拿着兵团政治部的介绍信到这里来找他，我们头一次见面，谈不上十句，他就称我"老李同志"。等到他陪我走进我临时的住室、跟我告别的时候，他索性简单地叫我"老李"了。我同他在一起一点儿也不感到拘束,我有什么话就老实地讲出来,讲错了,他马上给我纠正。我向他请教,他总是有求必应。倘使他抽不出时间,他会不客气地告诉我他没有空。我刚刚住下来,他就派了一个小通讯员照应我。可是他也任我一个人随意地到处走走。因此这个落过雪的晚上我从他的房里出来,并没有人送我回去。他本来叫他的通讯员送我下山,我说我喜欢一个人慢慢地在雪地上走,谢绝了他这番好意。他也就不坚持了。

雪在我那双笨重的厚皮靴下面发出吱吱的响声。我在这些相距不很近的石级上留下了一对一对的脚印。我左弯右拐,走得浑身发热,一面在回想刚才听到的志愿军的英雄故事,越想越高兴,就不再注意眼前的东西。我正走得起劲,忽然撞到一棵松树上,其实也不能说是撞,只是我的右胳膊挨了挨树干,压在枝上的雪落下了一点儿,有一片贴在我的脸上。我抬起头往上看,脚还在朝下移动。我没有料到脚踏在垫了雪的土坡上身子会站不稳,要不是我连忙抓住旁边矮树的树枝,我一定滚到下面去了。

我站定以后,正在因为这场虚惊暗暗责备自己的粗心,一面掏出手帕揩去脸上的汗珠,忽然听见一个清脆的声音:"同志,怎么啦?摔伤没有?"原来有一位女同志在我背后讲话。我不曾回头,马上答道:"不要紧,我踩滑了,没有摔倒。"

后面的声音又说:"李林同志,原来是你!小刘没有来?"王主任派给我的小通讯员叫小刘。

我知道这位女同志叫王芳。就在前天下午她到王主任房里谈工作,我正在那里,王主任便向我介绍,说她在报社工作,写些通讯报导还不错。她现在既然认出我来,我只好转过脸去向她答话:"小刘在下面等我,我现在回去。"

她向我招了招手,亲切地说:"李林同志,你到我们这里来歇一会儿罢。"我这时才看出她站在一个住室的门前,这间黑阴阴的屋子一大半藏在山里面,房里的灯光遮得严严的。这个山坡上有不少这样的屋子,白天我一眼就看见,夜里却不大容易分辨出来。

"王芳同志,谢谢你,我回去了,下回来看你,"我带笑地答道,便不再理她,我的脚又往下移动了。

"请你等一等,我送你回去,"她说着,就跑下坡来。我正埋下眼睛看下面那些积了雪的白白的石级，可是我听见了她的脚步声。我不要她送我，却又不能阻止她。她已经走到我背后来了。

"李林同志，你上了年纪了，以后夜里出来要带通讯员啊，"她关心地说。我不愿意她送我走到住室，也不喜欢她这种口气，可是想到她那张少女的瓜子脸上两颗好像刚刚油漆过的透亮的黑珠子一样的眼睛和棉军帽下面两根又黑又粗的辫子，又觉得她小小年纪对我讲这种话有点可笑。我只说："你不要送罢，就只有一点点路了，"并没有讲别的话。的确山路只剩了十几级。不过我还要顺着山脚走一段路才到得了我那个住室。我把脚步加快了些，我打算赶快走下山坡，转身对她一挥手，说声"再见"，省得她为我多走那么一段路。可是她也加快脚步跟着走下来。她还着急地说："李林同志，你慢慢走，看摔倒。"她看见我不停步，似乎猜到了我的心思，又说："我一定要送你回去。"她说了这一句，自己发出一声轻微的笑，马上加一句解释："你是我们军的客人啊。"

我到了山下，她也下来了。我含笑对她说："王芳同志,谢谢你,请回去罢。"她望着我笑了笑,说道:"我送你到家。"我只好陪着她往前走了。

我们在这条看不见灯光的积雪的小路上走着。我因为她坚持送我感到抱歉,没有讲话。她却带笑地说:"你太客气了。雪冻起来,路上不好走。我们走惯了有时还要摔倒。我们是不要紧的。你上了年纪,不能过于大意啊。"

我感谢她的好意,便对她老老实实地解释我的习惯。我们就这样地谈起来,一边谈一边走,不知不觉地到了我的住室门口。通讯员小刘烧暖了炕等我回去,听见我们的脚步声,便出来迎接。

我邀请王芳到我的屋里坐坐,她不肯进去。我要小刘送她上山,她也谢绝了。她还笑着说:"李林同志,你别看这里很静。这里满山都是我们的人。我还怕什么呢?明天见!"她举起手向我敬个礼,又对小刘说一句:"小鬼,你好好照应李林同志啊!"转身便走。她的脚步是那么轻快,半新的棉军服穿在她的身上并不显得臃肿。

"王芳跳舞唱歌样样好,同志们哪个不夸奖她多才多艺,"小刘站在门口说;接着他自言自语:"你叫我小鬼，其实你不过跟我一样的年纪。"然后他揭起雨布门帘，推开木板门，进去把蜡烛点燃，我也跟着进去了。我听见了小刘的话，我记得他对我讲过他今年只有十九岁。

"你看过她跳舞？"我顺口问了一句。

"她以前在文工团，开晚会总少不了她，跳新疆舞、唱大鼓书、唱《王大妈要和平》，样样好！"小刘眉飞色舞地说，他好像回到在台下热烈鼓掌的时候了。

我觉得奇怪，便问他："那么她为什么又不在文工团了？"

"首长，你不晓得？"小刘诧异地反问道，这个活泼的年轻人不习惯叫我的名字，却喜欢笼统地称我做"首长"。我为这个称呼向他提过几次意见。可是他坚决不改，我也拿他没有办法。他那张滚圆滚圆的胖嘟嘟脸上没有一个时候不见笑容，你看到他那两颗骨辘骨辘转个不停的乌黑眼珠，你也不便向他板面孔。因此我只好装做没有听见，让他叫去。

"我当然不知道。我知道了，还用问！"我顺口答道。

"她摔伤了，回国去了一阵。回来就到报社工作了，"小刘只是简单地答了两句。这一次他不笑了，不过两颗眼珠仍然骨辘骨辘地转动。他在炕沿上坐了下来，让抖得厉害的烛光在他的胖脸上不停地扫来扫去。

我等着他以后的话。谁知他静静地望着烛光，闭紧了两片厚嘴唇。我坐在这个洞子里唯一的木凳上，右胳膊压住桌子的一个角，我什么也不想，只是连声催他："往下讲，往下讲。"

"人家真了不起！摔坏了腿，血淋淋的，哼都不哼一声。当初送她回国的时候，大家都很难过，以为她不会再来了。谁知三个月不满，她就回来了，"小刘说。我看得清楚，笑容一下子又回到他的胖脸上来了。"那天我听说她回来了，我在沟口等她，车子半夜才到，文工团好几个同志也在沟口老等。车子刚停，她正下车，那些女同志就拥上去把她抱起来。她们又哭又笑，好亲热啊。我拿起她的背包就走，送到文工团。后来包围她的人散开了，她才看见我，紧紧拉住我的手，说：'小鬼，你还是这样胖。'我看见她一点儿也没有变，心里高兴，就问她：'王芳同志，你还唱歌吗？'问得她笑起来了。她说：'我为什么不唱呢？我还学会了好些新歌。我一定要唱给大家听。'过了两天，我们军里开晚会欢迎祖国来的首长，添了一个新节目，就是她唱的《在天安门前相见》。大家拚命鼓掌把手都拍红了。"小刘恳切地望着我："首长，不是我替她宣传，她真是唱得好，你一定爱听。"

我点点头笑答道："好罢。"其实我倒真以为他在向我宣传了。我再问一句："她不是离开了文工团吗？"不等他答话，我又加一句："你还没有讲她是怎样摔伤的。"

"她到前线坑道里去慰问嘛，"小刘忽然大声说，他这是回答我的后一句话。"文工团时常下连队，有时候还到坑道里去演唱给战士听。女同志一到连队，总要帮忙战士们洗衣服、补衣服、拆洗铺盖。你没有办法不让她们做这些事，哪怕你把衣服藏好，她们也会找出来。我那个时候，还在五连当通讯员，王芳他们到我们连来演出。我们进了坑道三个月没有看到文工团的节目，战士们兴奋得不得了。小小的坑道里没法跳舞，他们就唱歌、说相声。坑道里点了灯,又点了蜡烛,十多个人挤在炕上,一点儿声息也不出。文工团来的人虽然不多,节目可不少。男同志唱快板、说相声,女同志唱歌,节目个个精彩。不过战士们总觉得时间过得太快,一会儿就完了。大家老是要求:'再来一个!再来一个。'战士们要求一次,就加一个节目。嗓子唱哑了,就哑声唱。后来女同志声音都哑了,只有王芳一个人嗓子没有坏,她最后还给我们唱个大鼓书《新棉衣》。我们刚刚穿上祖国送来的棉军装,听她唱起祖国亲人缝棉衣、寄棉衣的一番心意,每句话都好像落在我们心上一样。唱得我们心里真暖和。哪个不夸她唱得好!文工团在我们连里住了几天,战士们差不多全听到演唱了。王芳的嗓子越唱越好。她后来听说岗哨还没有听到演唱,她就跑出去找那些人,亲自唱给他们听。我起初听见二排战士小曹讲起,我还不相信。"小刘说到这里忍不住先笑了。"首长,我从来不听说有这样的唱法。我想起就觉得好笑。可是小曹却一本正经地讲下去:'……那天擦黑,我正在站岗,文工团那个女同志来了,她过来就说:"同志,你辛苦了!我是军里的文工团员。军首长派我们来慰问你们。你尽管执行你的任务,我不会妨碍你。我唱个歌给你听,我就在你耳朵跟前唱,只有你一个人听得见。"她真的这样小声唱起来,唱完一个,又一个。天黑了,她才走开。'小曹还说:'我站在山头,不晓得从哪里来那么大的劲,浑身暖得很,满肚皮的高兴,好像一晚上都听见那个好听的歌。我真盼望敌人偷偷地跑上来,让我抓一两个俘虏,来报答军首长的关心。'……"

小刘忽然停了下来。我不再催他了。我已经摸到了他的脾气:他平日讲话不多,但是动了感情的时候,他一定要把心里的东西全吐出来。要是他把什么话憋在肚里,那么晚上就会大讲梦话。我这个洞子里一张炕上可以睡四个人,现在只有我和他各睡一头。他讲梦话,免不了要吵醒我,我早晨向他谈起,他便老老实实地告诉我:他父亲跟哥哥"闹不团结"。哥哥是个村干部,工作很积极。父亲思想落后,成天只想到个人利益,事事要求照顾,常常跟哥哥找麻烦。"他总说:'我是军属嘛,我们正清到朝鲜去为了啥?'为了啥!我到朝鲜来,又不是为了我们家!人家杨根思抱起炸药跟敌人同归于尽,连眉毛也不皱一下,我算啥呢?军属应当起带头作用才对!自己有力气,能走路,能劳动,还好意思要求照顾?"他的话讲得不少。原来他得到家信,心里不痛快,没有讲出来,就做了些怪梦。我说:"你写封信回去劝劝你父亲罢,多讲讲道理,他也会明白的。"他果然听我的劝,给他父亲写了信去。他还把信给我看过,写得很不错。他这个农村出来的青年,文化水平并不低。他说,他刚入朝的时候,只认得七八百字。可见他到了部队以后,有很大的进步。

燃剩了的蜡烛芯偏垂下来,烛油开始往下流。小刘连忙站起来,用两个指头把那段发烫的烛芯拉断,丢在地上,他的眉毛也不曾皱一下。他站在木板桌前,接着中断了的话题讲下去:"我们连的一排住在最前沿,文工团的同志们坚持要到那里去演出。指导员教我陪他们去。走这一段路并不容易。他们刚刚走到,不肯休息,就演唱起来。那里的坑道很低,女同志就跪在炕上唱歌。说相声的就蹲在炕上说,炕上不行,就在又滑又湿的地上干。王芳说书,鼓架子支不开,就请男同志托住鼓。他们还到了最前沿,王芳站在射口跟前唱歌,她唱得战士们个个满意。大家都说:'同志,再唱一个,叫河那边的敌人也听听。'第二个歌还没有唱完,敌人的炮打过来了,炸的坑道直摇晃。可是王芳连眉毛也不皱一下,还是唱得很起劲。……我们在一排几个班待了一天,天黑了才动身回连部去。战士们紧紧地拉住文工团同志的手不肯放。我们走了不远,下起了小雨,山路更不好走了。走到半路,敌人接连打来几炮,震得厉害。不晓得怎样王芳的鼓连鼓架子一起掉下去了。她着起急来,跟着声音下去找鼓。我正在前面带路,听见别人叫王芳不要下去,连忙转身回去找她。已经来不及了。她摔下去了。我没有听见她的叫声,我只听见别人的叫声。我们都说不清楚她是怎样摔下去的。我下去找到了她,她的左腿给岩石撞坏了。她不让我背,我一定要背她,我一口气把她背到连部,让卫生员给她包扎好,当夜就抬到医疗所去。我看见指导员,马上检讨:指导员教我照应他们,我却背了摔伤的人回来,我没有完成任务。战士们听说王芳摔伤了,纷纷写信派代表慰问她,大家还表示决心要替她报仇。指导员同意我的要求,让我到医疗所去看她。我把我嫂嫂给我缝的慰问袋也带去了。她睡在病床上,脸色不好看,人也瘦了。旁边还有个文工团的女同志。我笑不出来,也讲不出话来。我把写好的慰问信交给她,把慰问袋放在她手边,不知不觉眼泪花滚出来了。我转身就走,倒是她把我唤住了。她说:'小鬼,怎么啦?远远地跑来一趟,话都不说一句,你这是什么意思?'我只好当她的面揩干了眼泪,向她检讨。我刚刚开个头,她就笑了,她打断了我的话。她说:'同志,你背我走了那一大段路,我还没有谢你,你倒来检讨,哪有这种道理?你回去,请对同志们说我的伤不要紧,养好了还要唱歌给大家听。'我临走,她要我站近些,她要唱个歌感谢我。我劝她不要唱,那位女同志也劝她不要唱。她却坚持说:'我的腿摔坏了,嗓子没有摔坏啊。小声唱两句是不要紧的。'我只好走到床头。她真的小声唱起来。她唱的是《歌唱祖国》。她快要唱完,那位女同志就向我努了怒嘴。等她刚住口,我就告辞走了。我不走,她一定还要唱。我看见她虽然唱得高兴,脸上也有了血色,可是唱了歌,也显得累。"

小刘这些没完没了的谈话使我感到很大的兴趣，我不嫌话长，只耽心会有什么意外事情打断他。忽然在我们的头上响起了一个大雷，这个洞子好像给人推着，一推一放，来回摇晃了几下。燃了半截的蜡烛倒在桌上，我连忙把它扶起来，又用烛油凝住了它。敌人又在放冷炮了。我朝木板门看了看，门露了一个缝，小刘走到门口，把门关紧，然后坐到炕上。他不等我催促，又往下讲：

"过了不久，我给调到军里来了。我一来就听说她要回国治病。我真替她耽心。我还是怪自己那天没有好好照应她，不然她决不会摔坏腿。我向文工团打听到开车的时间。没有想到五号首长也去送她，我就跟去了。她是让人抬上车的。文工团好多同志都在场。她躺在担架上，看见五号首长来，高兴极了。五号首长教她安心治病。她却接连说：'五号，你答应了的：我治好了就回来！我一定要回来！'五号首长拉住她的手说：'小鬼，我们都等着你。'她平日叫我'小鬼'，现在也有人叫她'小鬼'，我觉得好笑。五号首长叫了她好几声'小鬼'。她看见我，也叫起'小鬼'来，她自己也忍不住笑了。送她的人不少，她跟我只讲了两三句话。她说：'小鬼，再见，我一定要回来。我等着你立功的消息。'看她的样子，她好像没有一点儿痛苦。可是我听见人说，她在医疗所常常在梦里痛醒。文工团同志们跟她更亲热。快开车的时候，她大声唱起了《歌唱祖国》，同志们跟着她唱起来，大家正唱得起劲，车子动了。我们一面唱，一面挥手。歌唱完，车子已经不见了。有些女同志在揉眼睛。五号首长一句话也不讲，等到大家都散了，他才慢慢走回去。"

我听见小刘讲起王主任，就仿佛看到那张浓眉大眼、须根满颊的宽大脸，我很难想像他闭紧嘴唇的表情。那天我在他房里遇见王芳，他向我介绍她"是一个很好、很好的同志"。他不止一次叫她做"小鬼"。她对他的态度我也记起来了：又尊敬，又亲切，尽管她先在屋子外面叫一声"报告"，然后走进来敬个礼，谈话中一直称他"五号"。——

"第二天文工团一位同志给我捎来一样东西，"小刘的声音打断了我的思路，把我的心拉回来了。"想不到就是我送给王芳的那个慰问袋，就是我嫂嫂给我缝的那个慰问袋。还有王芳写的一封信。信上话不多。她说,这是她送给我的纪念品,她找不到比这个袋子更好的礼物。她教我不要替她耽心,她说她一定要回来。我们都没有想到她这么快就回来了。她还是唱得那样好。她还是成天高高兴兴。"小刘说到这里,发出了一阵愉快的笑声,我看见他笑容满脸,知道他一定在想像一些使他最高兴的场面。我不想打岔他,他讲了这么多话,也应当休息了。

第二天下午我见到王主任,他的第一句话就是:"老李,你以后可要小心啊!摔伤了怎么办?"我只是笑笑。他又说:"我得向小刘下个命令,不管你到哪里去,都跟着你。"我并不直接回答,却望着他说了一句:"王芳的嘴真快。"他忽然哈哈地笑了,他笑得很有趣,好像脸颊上黑黑的一片数不清的须根都跟着动了起来。

"你想不到小鬼居然认真提我的意见。你要是摔伤了哪里,我可得向小鬼好好检讨了,"王主任忍住笑对我说。我知道他指的是王芳,便想到了小刘的那段谈话。我顺着他的口气把话题引到王芳的身上。

"听说王芳唱歌唱得好,"我开头说。

"大家都这样说。我也喜欢听。你呢?"

他忘记了我就只见过王芳两面,不说她唱歌,连哼一句我也没有机会听到。可是我不提这个事实,我却乘机发问:"那么为什么不让她回到文工团去?她又没有摔坏嗓子。"

王主任对我的话并不感到惊奇,他笑道:"老李,你一定受到小刘的宣传了。你为什么不问王芳本人呢?"

这后一句话把我的嘴堵住了。我只好笑笑,又说:"你是首长嘛,应该问你。"

他看了看我,好像没有听懂我的话似的,忽然走到门口,推开带半截纸窗的木板门说:"我们下去走走。"我便跟着他走出这间藏在半山里的屋子。我上山的时间跟昨天差不远,可是下山的时间早得多。天还不曾黑,山坡上仍然一片白色,只有蜿蜒的山路是灰黑色的,石级上的积雪已经铲掉了。灌木枝上的雪也早落散了。我紧跟在王主任的背后,踏着泥泞的山路一级一级地往下走。冷风一阵一阵地刺痛我的脸,我有时也会皱一下眉头。可是王主任却在我前面哼起歌来。我一下就听出他在小声唱《歌唱祖国》。"这不是王芳喜欢唱的歌吗?"我想起来了,正要跟他讲话,刚刚说出三个字"王主任……",我的右手忽然抓到了一根下垂的树枝,我连忙站住。他回头惊问道:"老李,你怎么啦?"

"就是这个地方,我昨天差一点在这里摔倒,"我这样回答他。他只说了一声"啊"。我们两个人不约而同地微微抬起头,朝上面不远处一间屋子看了看。那间只露了门和窗的屋子就是报社,雨布还不曾放下,木板也没有装上,人们正在那里面工作。

"老李,你不能大意啊。连小鬼那样灵活的人也会摔伤的。你刚从祖国来,要是摔伤了抬回去,我怎么对得起祖国人民呢?"王主任忽然一本正经地讲起来。我口里唯唯地应着,一面小心地下着脚步(我的确害怕摔倒),一面等着他回答我那句问话(我不想打岔他)。可是我们一直走到山下,他什么也不说。

现在我们往沟口走去,不是朝着到我住室的方向。路上两天的积雪已经冻硬了,还让人们的鞋子磨得又滑又亮。我走不惯这种"玻璃路",走得慢而且吃力。王主任却走得快,又很从容。他注意到我落后了,便停下来,带笑地责备自己:"我再三教你小心，自己却带你走这条路。你回家那条路上的雪给小刘铲过了，不像这里，"他的手朝前面一指："就到那里为止罢。今天不到沟口了。"他指的是前面那座"抗美亭"。我刚来政治部，他引我到那里去参观过。我们两个坐在战士们做的简单木凳上，望着对面的山景。他满意地说："不坏罢，这是我们的风景区。春天看花，秋天看红叶，冬天看雪景，虽然比不上祖国的苏杭，可我们是在战地啊。"

我跟着他走上几级石阶，进了"抗美亭"。茅草檐下木板横额上三个大字就是他写的。这里原是一间老乡的茅屋，给敌人的炮弹打坏了。部队住到这条山沟来，便把它改成这样一座亭子。我坐在木凳上，拿右胳膊压住圆木桌，静静地望着对面山上白地青花的大幅"线毯"，忽然听见了飞机声，我用眼光去搜寻敌机，却一架也没有找到。

"老李，"王主任亲切地唤我。我应了一声，便侧过脸去看他。"我看你太好奇了，调工作也是寻常的事情……"他说到这里，忽然改换了语调提高声音说："小鬼，你到哪里去了来？"

我惊讶地跟着他的眼光望去，看见王芳在下面站住了，两边脸颊冻得通红，她是从沟口那个方向走来的。她抬起头答道："我到文工团取了稿子，"接着又含笑说："五号，你们在这里欣赏雪景吗？好雅兴啊！"

"小鬼，我正在跟老李谈你的事，"王主任半开玩笑地说。"你自己来讲好不好？"

王芳摇摇头，两根长辫子也跟着动了两下，她笑嘻嘻地说："我不来，我没有什么好讲的。五号，你教我讲，我只好检讨。"

"好罢，你就来检讨罢，让我也听听，"王主任仍然在开玩笑，从他的声音和脸色我好像看到一种类似父爱的感情。

"五号，下次罢。我得马上回报社去，他们在等我，"王芳笑答道，她把手里拿的那卷稿子举到她头上摇了一下，就转过脸朝我们来的那个方向走了。她走得并不慢，两根辫子在背后微微地甩动，我看不出来她的左腿曾经摔坏过。

王主任含笑地望着她的背影，很有感情地自言自语："小鬼毕竟是小鬼啊。"

我不明白这句话的意思，便问他："你在讲王芳吗？"

他点点头说："对，"便侧过脸来看我，眼光非常深透，仿佛要看穿我的心一样。他忽然问道："老李，你看小鬼像谁？"

我给他问住了，答不出来。我想来想去，实在找不到一个面貌同王芳相似的人。

"小鬼跟她母亲一模一样，"他继续说，他不再等我的回答了。

我几乎要脱口说出这句话："你怎么知道？"可是我并没有说。我却问道："那么你见过她的母亲？"

"我怎么没有见过！她母亲就是我的老婆，"王主任毫不迟疑地说。他掉开脸慢慢地搔起他的须根来。他又在望对面的山景，好像在想什么心事。

我楞了一下，过了几分钟才问道："那么她就是你的女儿？"

他正望着那个发光的雪白的山顶，听见我的问话，便侧过脸对我说："她还不知道。"

我不大了解，便再问："她怎么会不知道呢？"

他微微笑起来，平静地说："你不用替我着急。到时候她自然会知道。"

"她母亲呢?难道她母亲也不知道?"

我看见他收起了笑容。我看见他用力搔须根,把两边脸颊都搔红了。我看见他皱起两道浓眉。他忽然唤了一声:"老李。"我刚刚答应,他马上接下去说:"我知道你一定会问到底。我又管不住自己这张嘴。过去的事情讲起来总是不愉快的。已经快二十年了,可是好像在眼前一样。……我和小鬼的母亲从北方到上海,在一家印刷厂当小职员。我们住在亭子间里面,生活苦,不用说;还处处受气。那个时候上海是有钱人的世界,帝国主义者、巡捕和流氓到处横行。小鬼出世了。她母亲一向身体弱,自己带孩子睡得不好,吃得不好,人越来越瘦,不过也没有什么大病。我老婆本来也可能活到今天,要不是——"他突然站起来,我以为他要离开这里,便跟着他起立。可是他咳了一声嗽(声音真响!),往下面路上扫了一眼,又坐下来了。

"有一天晚上她上街买东西。就在北四川路,她好好地走在人行道上。几个外国水兵喝醉了,拿着酒瓶一边走一边胡闹。他们看见我老婆,想调戏她,便朝她扔酒瓶。一个酒瓶打在我老婆的胸口,把她打倒在地上。有个水兵还拿脚踢她。幸好有两个行人搀起她来雇黄包车送她回家。从此她就不曾起床，病了不到两个月就死了。我一个人，白天要工作，还要带一个不满一岁的女儿，实在不容易。后楼有一家宁波人也姓王，只有两夫妇和一个儿子，男的四十多岁，在工厂里做工，女的只有三十几，儿子十多岁了，念过小学，后来到印刷厂当学徒。这家人跟我非亲非故，可是他们对人热情，看见我遇到不幸的事，自动地出来给我帮忙。我这样也能对付过去了。可是小鬼还不到三岁，我就被捕了。起初关在提篮桥，后来关到苏州监狱里。我在提篮桥的时候，花了钱找人带信给后楼那位姓王的，托他照顾我的女儿。我说，我要是能出来，当然还给他一切的费用；要是我日久没有消息，那么女儿就归他们，由他们处置。那位姓王的居然到牢里来看过我。他教我放心，他说他们夫妇把我女儿当作自己的孩子，决不亏待她。我哪天出来，就哪天送还给我。我在苏州一直住到抗日战争爆发，苏州快要沦陷了，国民党反动派才把我放出来。可是去上海的路已经断了。我后来参加了部队打游击，始终没有到过上海。我曾经托人到上海照地址打听,可是听说那一带房子烧光了,什么都问不出来。这些年我始终一个人过活。我有时候我也想念我那个孩子。我一直等着她。"

王主任又停下来。他搔了搔脸颊,忽然抬起头,提高声音说:"像这样的事情永远不会再有了。"

我很想知道以后的事,可是我又觉得我没有权利给他唤起那些痛苦的记忆。而且在他讲话的时候,我们的四周渐渐地暗下去了。我的眼睛也有点模糊了,我看见了小刘的身形。他大概是来找我的,远远地望见王主任和我都在这里,就站住了。我默默地等待着王主任的起立。

"去年年初我来到朝鲜,做梦也想不到居然找着了线索,"王主任并不站起来,却改变了语调继续讲他的事情。"当时我还在师里,在那次××山的阻击战中,在最紧张的时候,我到了×××团。这个团奉命坚守××山,仗打得激烈,敌人的炮火厉害,我们当时还没有现在这种坑道,只有些简单的临时工事。我们虽然打得好,可是伤亡很大。我们必须守住主峰。不用说,这是艰巨的任务。上级的命令是坚守三天，我们的战士说一是一，决不讲价钱。敌人进攻越来越猛，人越来越多，可是都给打下去了。第二天晚上阵地失掉过两次，但马上就夺了回来。到第三天下午情况更加严重，阵地上没有多少人了。我当时在团政委那里，他已经三天三夜没有睡觉了。前面指挥所接连来了几次电话。友军来不及赶到。需要人！已经从直属队中抽出一批送上去了。这里只剩下一些身体弱的同志。怎么办？我们正在考虑，忽然听见一声响亮的'报告！'，直属队的同志们拿着决心书进来了，一个个昂起头挺起胸膛，声音坚决地要求战斗的任务。一共二十五个人，是分几次进来的。团政委批准了十九个，留下了六个。六个中间有一个人再三要求，一定要到前面去，最后团政委也同意了。这个人叫王成，年纪不过三十多点，来到朝鲜，水土不服，身体不大好。我听他口音，看他相貌，觉得很熟，却想不起在什么地方见过。后来我忽然记起来了，就跑出去找他。他们二十个人拿起枪做好伪装，准备出发。我唤住他，问了两句话。他果然是后楼王家的儿子。他还记得我原来的名字。我们虽然没有谈话的时间，不过他还是讲了一件事情：王芳也参了军来到朝鲜。王芳这个名字是我起的。我总算知道我女儿的下落了。王成的话没有讲完，我们就分开了。这个团完成了上级给它的任务，友军也终于赶到了。只是王成没有能回来，他勇敢地在山头牺牲了。战事稳定以后，我常常想起我的女儿。我知道她在朝鲜工作，跟我离得近，这是多么好的事情。我真想见她一面。大概过了两三个月罢，我到军里开会，晚上文工团给我们表演节目。担任女声独唱的文工团员一出来就把我吸引住了。完全是我老婆结婚前的那个样子。我向坐在我旁边的宣传科长问她的姓名。科长说：'她叫王芳。你听不出她还是上海人呢。'用不着怀疑了。明明是我的女儿。天大的幸福来得这么容易！我高兴极了。晚会结束，我看见她，跟她讲了几句话。我称赞她唱得好。我问她上海家里还有什么人，她说父母都在。我又问起她的父亲，她说父亲是个退休的老工人，叫王复标。我跟她拉拉手就告辞了。心里的话一句也没有讲出来。可是我放心了。以后我还听过她唱歌，看过她跳舞，我决不放过这样的机会。我高兴看见她，高兴跟她谈话。可是我始终没有对她讲过一句话，明说或者暗示她是我的女儿。她的父亲明明在上海，我怎么能说我是她的父亲呢？而且我自己的名字也改了。要是王成那天没有牺牲，他也许会告诉王芳真实的情形。现在只有写信到上海去找王复标帮忙。然而我不愿意这样做。说老实话，起初我也想过让王芳弄清楚谁是她的父亲。后来我自己放弃了这个打算，我看出来她多么爱她那个父亲。过了一些时候，我到军里来当政治部主任，经常跟她见面，她对我很好，只是不知道还有我这么一个父亲，我也下决心不让她知道。我看见她唱歌受欢迎，看见她工作积极，态度好，心情舒畅，我只有高兴。我再没有别的要求了。"

王主任忽然站起来，走到我身边，轻轻地拍我的肩头，我又听到了他的笑声："老李，我什么都讲了，你该满意了罢。可是这些话你千万不能写出来啊！"

我也站了起来。我紧紧地捏住他那只手，表示了用简单的语言表达不出来的复杂的感情。夜早已来了。可是亭子外面到处闪着淡淡的白光。天也是一片灰白色，路白亮亮地横在我们的下面。我跟着王主任走到下面的路上。我早就看出来小刘还在不远的地方等我。我在跟王主任分手之前，一直以为自己的那些疑问全得到了满意的解答。后来我看见王主任上了坡，自己一面往前走、一面听小刘讲话的时候，才想起来王主任并不曾答复我那句问话：她为什么不回到文工团去？不过我也并非喜欢打破砂锅问到底的人。我是来熟悉英雄人物、了解英雄事迹的，不能把王主任给我的大堆书面材料丢在一边，却在一件小事情上跟他纠缠。所以我打算不再向他提那一类的问题了。

两天以后，吃过早饭，我去访问一位立了一等功的英雄连长，这是王主任给我安排的。小刘领我走一条小路，虽然东弯西拐，可是不到一会儿功夫就到了连部。我没有想到王芳已经在那里了。她参加了我和赵连长的谈话，不但记了笔记，而且不时提出一些有启发性的问题。我们在连部吃了晚饭，她和我一路回来。我们三个人仍然走小路，路上还有泥水，但是也不怎么滑。两旁有不少矮松。小刘带头，我走在最后，我们走得慢，一面走，一面谈，起初谈的是赵连长的事情，从一个英雄又谈到其它好几个英雄,三个人你一句我一句,不用说还是两个"小鬼"讲得多。后来小刘忽然把话题转到了王芳的身上,热烈地称赞她唱歌好。王芳答道:"我已经改行了,还要你替我宣传?"我想起了王主任的话,可是我仍然静静地听他们讲下去。小刘说:"不管你改行不改行,群众需要你,你也得唱。"王芳噗哧笑道:"小鬼,我看你真要到宣传科去了。好像我是什么著名歌唱家似的。我哪里说得上唱歌?我不过喜欢哼几声。大家要我唱,我从没有说个'不'字。"小刘笑道:"我相信你。我真该向你学习。可是我希望你不要改行。我不明白你为啥不回文工团去?"我注意地等着王芳的回答。她不马上答话,也不笑,脚步还是像先前那样。小刘回过头来看她,她声音平静地答道:"小鬼,并没有特别的原因。我讲出来,你就明白了。我的腿不大好,五号照顾我要我暂时到报社帮忙。他还说,过些时候就让我回文工团。"小刘又把他那张胖嘟嘟的皮球似的脸掉过来,带笑地问道:"那么你快要回去了?"王芳摇摇头,正经地说:"不一定。我现在对报社工作也很感兴趣,在报社还不是一样工作!"小刘固执地说:

"不过战士们都喜欢听你唱歌,你唱起歌来真打动人的心。"王芳微微扬起头,笑着说:"谁相信你,你又在宣传。你说,人家朝鲜妇女谁不会唱,谁又唱得比我差?"小刘有点着急了,回过头,认真地嘟起嘴说:"我不会开玩笑,我讲的都是真话。你不信,你问这位首长。"他指的是我,他的眼光在找寻我。王芳也掉头来看我,两根粗辫子在我眼前晃了一下,两颗明亮的眼睛露了点诧异的眼光,也带了点笑意。我不会撒谎,我就说:"王芳同志,我虽然没有听见你唱过,可是小刘已经对我夸奖过好几次。"小刘满意地笑了。王芳掉开脸笑道:"李林同志,你已经受到宣传了。"我马上接一句:"王主任也是这样讲的。"她不作声了。小刘更加得意地说:"我的话是宣传。五号首长的话总不是宣传罢?"我想换一个话题,便问她:"王芳同志,你的腿没有问题罢?"她又回过头来,微笑道:"李林同志,谢谢你。你瞧,我不是走得很好吗?"我同意地点了一下头。小刘却在前面说:"有时候我看得出来,也有点吃力。"王芳嗔怪地批评他:"小鬼,就算你的眼睛尖!"小刘还在前面自言自语:"也应该注意啊。"王芳故意不理他，却对我解释："腿刚好，关节炎又发了。我在锻炼。过一两个月天暖了，就好了。现在也没有什么困难。"我听她讲得坦白、诚恳，便想起了另一些事情，我又问她："你上次回国养伤，到上海家里去过吗？"她答道："我本来也想回去看看。五号也同意我回去。可是我一出院，就回到部队来了。在部队里住久了，心都留下来了。谁不想早一天回到朝鲜！"我听她的声音，感觉到一种能感染人的热情，每句话都显得很亲切，我忍不住再问："那么你不想家吗？"出乎我的意外，她笑了，接着她反问我："李林同志，你说你想不想家？"我爽快地回答："我当然想家。"她接下去说："我也想啊。爸爸妈妈也想我。不过我不是到朝鲜来旅行的，工作不结束，就是回到家里也待不住。"我又问："你家里人都好吗？"她答道："都好。除了我爸爸妈妈，还有一个弟弟，念高中。我有个哥哥，去年在朝鲜牺牲了。"她最后一句话教我们不好搭腔，慰问、同情一类的话在这个时候都是多余的……幸好我们快走到政治部，前面就是沟口了。我以为她不会再讲话，不想她又开口了："说实话，我当初得到消息，还偷偷地哭过一场,哭得真伤心。我们兄妹感情好。我是刚解放就离开学堂参军的。他头一批报名参加抗美援朝。他当时在×××团。五号亲眼看见他出发上前线。他们都说他勇敢。……我真不中用。人家朝鲜妇女死了多少亲人,从来不哭一声,她们反倒把头抬得更高,脚步也更坚定,照样地唱歌跳舞。"小刘忽然在前面插嘴道:"我看你也很乐观啊。"这句话把她惹笑了。她说:"小鬼,你不要表扬我了。人家朝鲜妇女才算乐观呢!你看她!"她朝前面一指。我看见沟外大树下两间简陋的茅屋,我知道她指的是柳老大娘的外孙女。外孙女今年十八岁,几个月前跟着母亲来看外婆,在路上母亲给敌人炮弹打死了。她亲手埋了母亲,一个人走到外婆家来,就跟着外婆一块儿生活,白天在外面种菜,晚上在家里纺线。正巧姑娘顶着水罐从院子里出来,高高兴兴地唱着朝鲜歌。她看见王芳,远远地含笑招呼一声。王芳带笑地讲了两句朝鲜话,姑娘也答了几句。王芳对我说:"她是我的老师。我跟着她学会了好些朝鲜歌。"后来小刘告诉我,她向那个姑娘学到的不仅是朝鲜歌,还有朝鲜话和朝鲜妇女的动作……

我们进了山沟，走了一段路，听见有人叫"王芳"。文工团的陈团长站在山坡上。王芳朝那里点点头，就离开我们上山去了。我听见她得意地说："材料都有了。"山坡不陡，可是她的脚步也不慢。我望着她的背影，却看不出她的腿有什么不方便。我掉开脸正往前走，忽然听见小刘发出一声惊叫，声音并不大。小刘这时不在前面带路，他在我旁边，而且落后了一两步。我连忙抬头一望。我看见文工团团长搀着王芳的一只胳膊。他在讲话，王芳在笑。我着急地问小刘："她摔倒没有？"小刘松了一口气答道："还好。给陈团长搀住了。"我说："她以后要多加注意啊。"小刘嘟起嘴说："她就是这样，只会想到别人。对自己就糊涂了。"我觉得这两个字用得不对，便说："她不是糊涂啊。"想不到小刘却生气似地反问我："首长，你说不是糊涂又是啥？"

对这句问话，我想他自己一定比我更知道应当怎样回答，我就不再作声了。

这天晚上我在住室里整理笔记，常常想到王芳的事情，我耽心她的腿又会出了毛病。第二天早饭以后，我正在住室前面跟小刘讲话，忽然看见王芳朝着我们走来，脚步轻快，满脸笑容，远远地就大声嚷着："李林同志，你们好。"那么她的腿没有出毛病了。我真替她高兴，便走去迎她。

她走到我面前，拉住我的手说："李林同志，你一定要给我帮忙，"就把一卷稿纸塞到我的手里来。"我写的大鼓词，请你替我看看，一定要认真地修改啊。"她笑得多天真。我打开稿纸，刚看到题目《猛虎连长赵生贵》，听见她说："我走了，下午来取。我写不好，请你认真地修改啊！"她转身就走，教我来不及挽留。我只好在后面大声说："你走路要注意啊。"

"她就是这个脾气，不接受意见嘛，"小刘在旁边自言自语。我看了他一眼，他那张皮球脸上有一种非常有趣的笑容。我便拿着稿纸走进住室去了。

稿纸上字迹清楚，文字也不错，我一口气念了两遍，字字上口。赵连长的英雄事迹全写出来了，也很生动。我们昨天一路去访问英雄，我刚刚把笔记整理好，她却已经写成了鼓词。我越念越满意，最后摘出几个不大恰当的字，又写了几条意见，不等她来找我，我先给她送去。

报社里有三个人工作。社长也是熟人。王芳正在看校样,我把我的意见劝她讲了。报社在一个不算小的洞子里,是由天然洞挖大的,白天不用点灯。她坐在一张很小的木桌前,看见我进去,连忙带着歉意向我解释,她的工作马上就完了,正要到我那里去取稿子。我那些小意见使她满意。我完成了这个任务,又跟社长交谈了几句,便告辞出来。我走出洞口,听见社长大声说:"王芳,校样交给我,你快去罢。"我不知道他们在谈什么事情,可是我刚刚走到山下,王芳已经赶上来了。她笑嘻嘻地说:"李林同志,谢谢你啊!"

"王芳同志,你到哪里去?"我问道。

"到文工团排练节目去,"她短短地答道,把手里那卷稿纸举了起来。

我就在这里跟她分了手,我满心高兴地想:我有机会听王芳唱歌了。王主任已经为我安排好一个星期内到连队去,我大概用不着推迟我的行期。

果然隔了一天,小刘给我打了晚饭来,就兴奋地对我说:"首长,今天有晚会,你到底等着了。"他那张胖嘟嘟的脸好像包不住笑就要绽开似的。接着王主任又差人来通知：他五点前到我这里来陪我去参加晚会。

晚会在司令部一个地下的礼堂里举行。我们从政治部去要翻过一个土坡，山路不算窄，我们边走边谈，不知不觉间就到了那里。礼堂中没有凳子，矮矮的舞台下间隔地横放着十几根圆圆的木头，上面已经坐满了人。我们刚刚在前排找个空隙坐下，节目就开始了。

王芳的京韵大鼓排在第三。鼓词我已经念过几遍，现在由她口里唱出来却添了不少的光彩。我虽然不像王主任那样听得出神（他就坐在我的左边），可是我也让她的演唱吸引住了。我前两天见到的赵连长又在我的眼前出现了，他好像就在台上指挥全连打退敌人一次又一次的进攻。什么武器都用过了，子弹打完就用石头打。他们整整守了六天，只伤亡十六个人，却消灭了七百多敌人。最后赵连长把阵地交给友军，自己拖着打伤了的脚，抓着树枝，摇摇晃晃地往上面爬。战士们说："连长，山这么高，你挂了花怎么走？让我背你上去。"他说："我脚上只穿了一个眼，山再高也没有我共产党员的决心高!"他终于爬过了高峰,到了后面。太阳出来了,照亮了他的紫色脸膛,一双漆黑的眼睛闪露出胜利的喜悦。他看见向他走过来的教导员,严肃地敬一个礼,然后紧紧地握着教导员的手,仿佛握着最亲爱的亲人的手一样。……

王芳进去了,大家还在热烈地鼓掌。王主任在我的耳边接连说了两遍:"不错罢?是她自己编的。"我掉头往旁边看,我毫不费力地找到了小刘。他蹲在一个角上,一张胖脸笑得像孩子似的。我不能不对王主任讲真话了:"她的确有才能,要好好地培养啊。"

"我知道,"王主任满意地拍了拍我的肩头。

晚会结束,小刘打着电筒给我照路,走原路回去。翻过土坡的时候,我看见远远地有好些明亮的灯光,一下子全灭了。小刘站住倾听一下,说一句:"不要紧,"又往前走了。一路上我很兴奋;不仅是王芳的演唱,所有的节目都使我激动。我接触到那么丰富的精神面貌,那么广阔的心灵。我以为在我看来是很新的东西小刘早已熟习了。可是他似乎比我更兴奋。他一晚上都在讲梦话。我偶尔也听见了两句："我下了决心了，""我连心也可以挖出来。"我不知道这是什么意思。

我离开军政治部的那天，到王主任的房里辞了行回来，小刘给我打好了铺盖卷，在住室里等我。他要回到原来那个连队去，五号首长已经答应了，要另外派一个通讯员来照应我。他向我表示了歉意。他虽然高兴回连队，可是他的讲话和举动都流露出依依不舍的感情。我也不愿意这么匆匆地跟他分别。最后我同他约定，过两个月到那个连队去看他。

我并不曾失信。可是我去迟了些，已经是好几个月以后了。这中间我到过几个部队，也见过王主任几面，还听过几次王芳的演唱，也知道她已经回到文工团。我常常怀念小刘，因为我一直没有得到他的消息。我后来忽然听说小刘在的那个连队打了胜仗，把敌人占据的一个无名高地拿下来了。这些日子为了迎接国庆三周年，为了欢迎第二届祖国人民赴朝慰问团，志愿军前沿各个部队都在打胜仗，到处都听见这样的说法："争取立功，迎接亲人。"我听到了许多捷报以后，再得到那个连队的胜利消息，我很难制止想会见小刘的欲望。过了国庆节，我便动身到那个连队去。

我拣了个下雨天动身，因为在这样的日子敌人的炮兵校正机不大出动，炮也打得少些。通讯员小吴背上我那简单的行李，我穿一件雨衣，他披一幅雨布，我们安全地走到了五连连部。我们在坑道里见到了连长。他已经得到了通知，又热情、又亲切地接待我。我和他交谈了半个钟头的光景，便提起小刘的名字，还说我想见见小刘。

"对，对，刘正清，是个好战士！"连长点头说。

我连忙说明我跟刘正清很熟，并且把那次分别的情景也讲了。

"不凑巧，他回国了，"连长略略皱起眉毛说。

我诧异地问道："他回国去干什么呢？"我自己马上兴奋地接下去说："参加国庆节观礼吗？"

连长摇摇头说："他挂了花，送回去了。"

"他挂了花？伤重不重？"我楞了一下，惊问道。

连长看了我一眼，声音低沉地答道："两条腿都断了。"

我变了脸色，着急地追问："他……他没有危险吗？"

连长昂起头说:"这个小青年还嚷着要回朝鲜来打美国鬼子呢!"

"他能回来吗?"我顺口问了这一句。话出口我才觉察到它是多余的了。

连长看了我一眼,激动地说:"要是真依他的话,他一定会回来。这些小青年都有那么一股劲,你简直拿他们没办法。他是这样挂花的:那天他跟着我上去,打到最后,主峰上还有个敌人的大母堡攻不下来,火力猛得很,我们牺牲了几个同志。我十分着急,拿起一包炸药,打算自己冲上去炸掉它。刘正清在后面拉住我的衣服,要求我把任务交给他。他一上去就把母堡解决了。可是他自己满身是血,两条腿都完了。担架员来抬他,他还说:'我要坚持,我要打。'我后来去看他。他皱着眉头,脸上没有一点血色,我却不听见他哼一声。我告诉他要给他请功,他还说自己没有好好完成任务,应当检讨。真是个有趣的小青年。战斗刚结束,军文工团的同志就来慰问我们。有位女同志还给刘正清输了两次血。……"

"那位女同志是不是叫王芳?"我忽然打岔地问

道，其实我的猜想也没有多大的根据。

"对，就是王芳！大家都喜欢听她唱，"连长点头笑答道。我看他的脸色，他好像奇怪我怎么会知道是王芳输的血，他又好像因为我知道这件事感到满意。

连长一口气告诉我这许多事情，都是我所想知道的。我一时想不到更多的问话，这天我们就谈到这里为止。小刘虽然回国，但是我总算践了约，我在这个连队住下来了。

我在这里睡的炕是两个通讯员让出来的，不用说，也就是小刘睡过的炕。头两三天我睡在炕上半夜里好像总听见小刘在讲梦话，其实这次跟我来的通讯员小吴一上床就安静地睡到天明，全是我自己在做梦。

我本来打算在这里多住些时候，可是不到一个星期，我忽然接到王主任的电话，说是祖国来的慰问团就要到了，教我马上回到军政治部去。

我到了政治部，还是住在从前住过的地方。我几个月不来，山沟里也有了不小的改变。人多了，路宽了，房屋增加了，树木也茂盛了。沟口用松枝搭了一个牌楼,上面有这样的九个字:"欢迎祖国人民慰问团"。我走了一段路,见到好些熟人,还隐约听见文工团同志们的歌声。我放好行李就去见王主任。

王主任在房里跟王芳谈话,一面在看手里的几张稿纸。他见我进去,高兴地大声笑道:"老李,你来得正好,正要请你帮忙。你先看看再说。"他跟我握了手,就把稿纸塞到我的手里来。

我也跟王芳握了手,然后摊开稿纸一看,原来是一首欢迎慰问团的《献诗》。笔迹很熟。我朝王芳看了一眼,她对我笑笑。我知道诗是谁写的了,就站着小声念了两遍,觉得不错。我还看到王主任修改的句子。我没有提出什么具体的意见,只说了几声"很好",便把诗稿交还给王主任。

可是等我告辞出来,在自己那个住室里刚刚坐定,王芳就进来了。她手里拿着诗稿,一边说,一边笑:"李林同志,你一定要好好给我改一下。要在欢迎会上朗诵的啊。"她又把诗稿交给我。看她那神情,她并不是在对我讲客气话。我只得接过诗稿认真地再念了一遍。

她看见我还是不提什么意见，便挑出几个她自己认为不大妥当的句子要我替她解决。这次我总算给她帮了一点忙。她满意地拿回诗稿就向我告辞。我要留她，她却笑着说："我还要准备节目，再不回去，我们陈团长可要急死了。下次来罢。"

我就说："那么我陪你走一段罢。"她还要推辞，我却跟着她走出了洞子。

出得洞来，我一开口就提起她给小刘输血的事情。她听到小刘的名字，马上说："小鬼有个东西要我交给你。"我连忙问："什么东西？"她侧过头看了我一眼，脸色马上变了，压低声音说："笔记本。小鬼还说——"

"他怎么说？"我打断了她的话。

"他说他等了你几个月，他还以为你回国去了呢，"她答道，埋下头往前走，也不再看我了。

我过了半晌，才再问一句："他伤得怎样？"我心里不好过，我好像又看到小刘那张皮球似的脸，他那么高兴地说："我一定等着你！"

王芳一面走，一面说，好像在自言自语："小鬼从医疗所上车回国的时候，两条腿都锯掉了，他还在哼《歌唱祖国》，还说装好了假腿就回到前线来。他比我坚强多了。我上次回国，他送我……"她的声音变了，她立刻闭上了嘴。

她一直不讲话，我后来实在忍不住又问一句："他没有危险罢？"

她忽然抬起头，提高声音说："他一定会活下去，比我们还活得久。他没有腿，也能做许多、许多好事情。"她很激动，不过声音很坚决。但是这以后她又不作声了。

我们默默地走到了文工团的住室。我拿到笔记本，马上打开翻看，在第一页上，我看见小刘亲笔写的四行字：

忠于团
　　就要忠于自己的工作
爱祖国
　　就要爱自己的同志

王芳站在我旁边，低声念出了这两句话，然后解释道："小鬼说，他以后不一定能再见到你，请你留下这个做纪念罢。这些字是他入团的时候写的。"

我郑重地放好了笔记本,跟王芳紧紧地握一次手,就走了出来。我表面上并不露出什么,我不愿意使她分心。

我一个人慢慢地走回去。一路上埋着头在想小刘的事情,也没有注意走到哪里了。忽然一只有力的手抓住了我的左胳膊。我吃惊地抬起头来,看见王主任一对带笑的眼睛和一张快要让胡须遮没了的脸。

"老李,你怎么啦?我对面走来,你都看不见;叫你,你也不应!"他大声笑问道。额上直冒热气,他把军帽朝上面推了一下。

我勉强笑了笑。我老实地告诉他我在想事情,我还想把小刘的笔记本掏出来给他看。可是他并不注意听我讲话,他眨了眨眼睛,笑着说:"老李,有个好消息,小鬼的父亲来了。"

"小鬼的父亲?……不就是你吗?"我惊疑地说。我没有懂他的意思,我还在想小刘。

他笑了:"你怎么搞的?我说的是她在上海的父亲王复标,参加慰问团,明天就要到了。"

我现在完全明白了,忽然高兴起来:"那么王芳一定很满意了。她知道吗？"

"我刚刚得到电话，正要去告诉她。我还想看看节目准备得怎样了，"他答道。

我看得出他很兴奋，我替王芳高兴，也替他高兴。我想到了另一件事情，又问一句："他知道你在这里吗？"

王主任摇摇头说："他怎么会知道呢？快二十年了。就是见了面他也认不出我来。"他忽然收了笑容，压低声音严肃地说："我正在考虑，明天见到他的时候要不要告诉他我就是某某人……"他伸起手搔了搔右边脸颊，又在搔左边的。

我不等他讲完，就打岔说："为什么不告诉他呢？"

"是啊，我也很想跟他谈谈。他要是知道我还活着，一定很高兴，"王主任不加思索地回答，脸上又露了点笑意。"不过要是他把小鬼还给我怎么办？"

"那么你们父女团圆了，"我这样说，只是因为我一时找不到另外的话。

"我们父女不是已经团圆了吗？我喜欢小鬼，不过我不愿意教王复标难过啊。"

"那么你——"我插嘴讲了这三个字,就让他打断了:

"所以我打算不让他认出我是某某人。对我来说,她叫我五号,叫我爸爸,还不是一样?"他看见我不作声,又加上几句:"对王复标来说,可不同了。他是看着小鬼在贫苦中一天一天长大起来的。我不能逼着他对小鬼说:'我不是你的父亲,'我不能把小鬼从他手里抢走。"

他只顾谈话,不知不觉地跟着我走了一大段路,把我送到我的住室门口了。我停下来,他也停下来。我让他进去坐坐。他说要到文工团去看节目,我看见留不住他,便对他说:"要是王复标愿意把女儿交还给你,你怎么办?"

他楞了一下,搔了搔脸颊,忽然微微一笑,答一句:"让我仔细想一想,"就转身走了。我望着他的背影,他昂起头,挺起胸,迈着大步,哼起《歌唱祖国》来。

他的高兴传染给我了。我回到住室里翻看小刘的笔记本,除了第一页上那四行字以外,还有"刘正清,一九五二年八月"十个字写在书前衬页上。

这个笔记本是新买来的，小刘还来不及在上面记录什么。我把他写的那些字反复地念了好几遍，阖上本子，我又想到了小刘。然而我想来想去，总是看见他那张包不住笑的胖脸。我甚至想到他真的装好假腿带着笑走来了。我便拿起笔给他写了一封慰问、感谢和鼓舞的信。

晚饭后，我拿着信出去交军邮，回来经过文工团，便弯进去看王芳。文工团的洞子里很热闹。大家都在认真排练欢迎慰问团的新节目。王芳在练京音大鼓《欢迎祖国来的亲人》，刚刚开头，我站在旁边听完它。她的脸色和声音告诉我一件事：她心情舒畅。我也看得出来她动了真感情。鼓词写得朴素而生动，我以为是她写的，她却向我介绍这是文工团陈团长的创作。接着她很高兴地对我说："我爸爸明天要来了。"我立刻接一句："我早就知道了。"她笑道："一定是五号告诉你的，是不是？"我望着她那孩子似的得意神情，点了点头，算是我的回答，却再问她："你高兴吗？"她笑了，爽快地答道："我当然高兴。我离开他三年多了。我完全没有想到！"我心里想，你没有想到的事情还多着呢！

我看见她还有工作,也就不再往下问。我在这里待了好一阵,趁她忙着的时候,一个人静静地走了出来。一路上遇见的人都在谈慰问团的事情。我也在想慰问团的事,不过我想的尽是跟王主任和王芳有关的。我想了半天,却想不出一个结果来。

这一天我去过王主任的住室,可是听说他到司令部去了。第二天我找他三次,却始终不曾见到。第三天倒是他来找我了。

"老李,你昨天跑到哪里去了?我打电话找你,说是找不到。我想请你去看看我们的节目行不行,"他一进来就大声说。

我起初大为惊奇,我明明在这里,他却说找不到。后来问明白,我才想起昨天晚饭后赵连长来看我(他来参加欢迎慰问团的活动),我们谈了一会儿。他告辞的时候,我送他出去,还陪他走了一大段路。我便照事实回答了。

"这要我负责,我忘了早通知你,"王主任带笑解释道。"《献诗》的效果还不坏。听说你也出了力,倒要谢谢你。"

"哪里是我出力!都是你那个小鬼的功劳,"我笑答道，听说王芳朗诵的效果不坏，我自然也高兴。

他满意地笑道："废话不说了，我来约你跟我一块儿到司令部去参加欢迎慰问团的宴会。"

"慰问团来了？那么你见到王芳的父亲了！"我急切地问道。

"见到了。还是从前那个相貌，变得不大，就是头发花白了，"他答道。"我们昨天半夜一点钟把他们接来的。大家真高兴。我跟他拥抱起来了。王芳也去了。她们还献了花。"他的脸上又现出了愉快的笑容。

"那么你们一切都讲明白了？"我连忙问道。

他哈哈笑了起来："我什么也没有说。他高兴，我高兴，这就够了。我安排好小鬼给他献花。小鬼挽住她父亲的胳膊讲个不停，一直把她父亲送到招待所。他们两个都很高兴。我还要讲什么呢？"

我又问道："你不是跟他拥抱过吗？难道他还认不出你来？"

他仍然愉快地笑着说："他以为我在拥抱从祖国来的亲人，决不会想到这里还有他的老朋友。"

我摇摇头，正经地说："我不同意你的想法。你们分别二十年见一次面并不容易。你至少应当让他知道你是谁。"

他并不考虑我的意见,仍然笑着,他批评我:"老李,你怎么这样罗嗦!不要再讲废话了。我们走罢。"

我诧异地看他的脸色。在他那张刚刚修过的脸上连一点点不愉快的表情也没有。我便闭上嘴跟着他到司令部去了。

司令部新修的礼堂在半山上树林中,比旧的地下礼堂大多了,亮多了。厅子里摆了十四张白木方桌,上面放好了碗筷。壁上贴了好几张欢迎慰问团的红字标语。台上静静的,台口有一张铺上红布的桌子。我们进去的时候,有几个干部在里面安排坐位。他们看见王主任,便过来向他请示。我一个人在厅子里站了一会儿,知道了自己应该坐哪一张桌子,便悄悄地从另一道门出去。我站在门前看山景。对面也是山,树木很多,有一点点草花,有红叶,还有鸟叫,不大像在战地。我忽然听见人声,原来慰问团的同志们到了。他们是从上面走下来的。我注意地看那一行人。王芳挽住一位老人的胳膊,一边讲话，一边走。我不用问，也知道那个老人是王复标。我等着他们走近，打算找王芳谈话。王芳已经看见我了。她不等我开口，就把老人引到我跟前来。她十分欢喜地含笑说："李林同志，我爸爸来了。"她对老人讲了我的名字。老人脸红红的，眼睛不大，颧骨显得高些，穿着干净崭新的蓝布中山装，笑容可掬地用两只手握住我的右手。他说："同志，你辛苦啦。"他讲的是带点宁波口音的普通话。我客气地回答了两句，就跟着他们进去了。

军长和政委都已经在里面了，他们是从另一面的门进来的。他们亲切地接待客人。客人接连地来。上海杂技团的同志们也来了。后来大家都坐定了。我恰好跟王复标父女同桌，这当然是王主任安排的。王主任也坐在这一桌，他和王复标坐在一面，就在王复标的右边；在他右面坐的是一位不大讲话的农民代表。他高高兴兴地跟王复标父女交谈。在军长和慰问团分团副团长先后站起来致词的时候，老人常常掉过眼光看王主任的左边脸。我坐在他们对面，心里又在想他们的事，所以连这样的动作也注意到了。

在主客双方致了词以后，大家站起来敬酒。整个厅子里尽是带笑的讲话声。王主任举起盛了酒的搪瓷茶缸，首先跟王复标碰杯，碰得小茶缸直响。王主任跟全桌的人都碰了杯。他跟王芳碰杯的时候，还说："小鬼，你们父女见面，你要多喝酒啊！"王芳端起小茶缸点着头说："我喝，我喝。"她非常高兴地看了看王复标，然后喝了一小口酒。她坐在王复标的左边，接着她又端起小茶缸向王复标敬酒。王复标笑道："你敬主任的酒罢，"他自己满意地把小半茶缸的葡萄酒喝光了。王芳又一次含笑点头说："我要敬的，我要敬的。"

我注意到王芳跟王主任碰杯的时候，王复标轮流地看他们两个，脸上笑容淡了，他好像在想什么心事。王主任又高兴又关心地说："小鬼，我不要紧。你晚上还有节目，不能多喝啊。"王芳却笑起来了："五号，你今天怎么啦？你刚才叫我多喝，现在又叫我少喝。"她不等王主任答话，又端起杯子向我敬酒。我看见她那种衷心愉快的表情，我也很高兴，我为她的幸福喝干了酒：谁能够像她这样在一张饭桌上有两个真心爱她的父亲呢？

"你问得好。你们父女见面是桩大喜事,你的确应当陪你父亲多喝几杯。可是我现在想起来了,晚会上你还有重要的节目,你醉了怎么办?"王主任红着脸解释道。我懂得他的眼光,那是父亲的慈爱的眼光,他好像只想到女儿的幸福。他接下去补一句:"你要照顾你父亲吃菜啊,"马上转过脸对王复标讲话,大大地夸奖王芳。这些时候他一直很兴奋,讲话的声音也有点变了。

王复标听得出神,不住地微微点头,笑容又出现了。他喝了酒,脸更红了,眼睛更小了。我看得出来他仍然在注视王主任的左边脸颊,有时他的眼光也会移到王芳那对闪闪发光的眼睛上。王芳微微摇头,微微笑着,她看看王主任,也看看王复标,同样的话她说过两次:"阿爸,主任在表扬我,你不要全相信啊。"王主任却只管讲下去。

众人又喝了一阵酒,吃了一些菜,大家谈得十分高兴。王复标忽然收起笑容,没头没脑地向王主任问道:

"主任,有个人你认得不认得?"

"谁?"王主任惊愕地反问道。

"就是你们同乡，他叫王东，东南西北的东。主任，你一定认得他，"王复标睁大眼睛，注意地望着王主任说。

王主任轻轻搔着自己的脸颊，迟疑地说："对，有——这么一个人。"

王复标连忙激动地再唤一声："主任！"王主任掉过脸去看他。王复标就在王主任的耳边说："主任，你就是王东罢，我认得。你左耳下面那颗痣还在。"他的声音在发抖，他把右手放在王主任的左胳膊上面。

王主任接连点了两下头，就端起代替酒杯的小茶缸，满脸通红地站起来，把茶缸送过去跟王复标碰了杯，又兴奋，又感动，带笑地望着王复标，热情地说："复标同志，我的老朋友，的确是我。想不到会在这里见到你。喝干这杯酒罢，我真要感谢你。"他大口喝干了酒，让王复标看见了茶缸底，还说一句："我干了，为你的健康。"

王复标也喝了酒，紧紧握着王主任的手哈哈地笑道："主任，你真是王东同志，我还以为见不到你了。原来你在这里！解放后我到处打听你的消息。

我总算找到你了！喝酒，喝酒！我们干杯！"他笑得多快活！

他们又喝酒，又讲话，又笑，仿佛这张桌上就只有他们两个似的。别的人都诧异地望着他们，连王芳也不明白他们在讲什么事。她那么关心地望着他们，她几次想插嘴，都插不进去。

不用说，他们讲的每一句话我都了解。我一直关心、一直想解决却无法解决的问题现在很自然地解决了，而且符合我的愿望。我感到十分轻松、愉快。同时我又在留意他们的举动，听他们的谈话。

王复标忽然侧过脸去看王芳，指着她对王主任说："你还认得她吗？"

王主任两眼发光地点头说："我知道，我知道。"他除了满意地、欢喜地笑着外，再没有其他的动作。

王芳又愣了一下，然后伸过头去，惊奇地问她的父亲："阿爸，这是什么意思？"

王复标看见她的楞相，觉得好笑，他反问她："你还不明白什么意思？你知道主任是什么人？"

王芳疑惑地看看王复标，她笑答道："他是我们的主任嘛。"

王复标把嘴伸到她的耳边，小声说了几句话。王芳的眼睛睁得那样大，眼珠显得那样亮，她兴奋地问王主任："五号，我爸爸的话是真的？"

我听不见王复标对王芳讲的话，我想王主任也不会听见的。可是王主任却激动地答了三个字："是真的。"他还接连点了几次头。王芳又注意地看了看王主任，然后转过脸小声地向王复标问了几句话。

就在这个时候，军长和政委过来向王复标和那位农民代表敬酒了。接着慰问团分团的副团长又过来向王主任和别的人敬了酒。我注意到王芳一直在看王主任，不但脸在笑，连眼睛也在笑。敬酒的人走开了，王主任连忙站起来，端着小茶缸到别的桌去敬酒。王芳刚刚站起，手碰到小茶缸，马上又坐下了。她又把脸掉向王复标，小声地谈起话来。她很激动，也很高兴。可是她似乎并不着急。王主任也不着急。在这个短短的时间里倒把我一个人急坏了。我多么不能忍耐地等着听他们父女间的头两句对话！他们怎么能够那样地从容！

王主任终于端着空茶缸回来了。王芳立刻站起来迎着他。她满面含笑地站在他面前，高高地举起茶缸，倒了一点酒在他的茶缸里，然后跟他碰杯，亲热地唤一声："爸爸，"声音并不大。她喝干了酒，又说："我真的一点儿也不知道。……再没有更教人高兴的事了。"她紧紧捏住王主任的手，埋下了头。

"小鬼，不要再喝酒了，"王主任干了杯以后温和地说。他看见她抬起头，眼睛里有泪水，便补一句："我早就知道了。"

"那么，你为什么早不告诉我？"王芳揉了揉自己的眼睛，带点埋怨的口气说。

王主任轻轻地搔了搔两边脸颊，慈爱地说："他才是你的父亲。他把你养到这样大，而且教育得这样好。我怎么能教你离开他呢？"他微微地笑了。

"我决不离开你们，"王芳只说了这一句，就回到座位上了。我仿佛听见她的带哭的声音。可是她刚刚坐下，又在小声跟王复标谈话了。我看见王复标红红的脸上又出现了满心欢喜的笑容……

晚会开始，政委致欢迎词以后，便是王芳朗诵的《献诗》。王复标、王主任和我都坐在第二排。王主任让我们两个坐在他的两边。谁都看得出来王芳今天晚上特别高兴。我却觉得她那对像擦过油似的亮眼睛一直朝着我们这一排。她笑得那么甜。她的声音里充满了感情。她朗诵的每一个字都进了人们的心。她那么愉快地、那么热情地朗诵下去，好像她打开了自己的心在迎接亲人一样。我很感动，可是我并不曾忘记观察那两位"父亲"的脸色。他们两位都是一样，脸上带笑、时时点头，不转睛地望着王芳，一直到她向观众敬了礼、转身走进后台的时候，他们才跟着别人鼓掌，而且比任何人热烈。

"她还有个更好的节目，"王主任笑着告诉了王复标。他又掉过脸来看我，好像也要我知道一样。我意外地发现他两只眼角上有泪珠，便轻轻地问他：

"王主任，你怎么也流了眼泪？"我的声音并不是平静的，我也动了感情了。

"我太高兴了，"他激动地说，拍了一下我的肩头。但是他马上诧异地自言自语："这是什么节目？"

我也不知道现在是什么节目。原来军文工团的陈团长陪着上海杂技团的丁团长走到台口来了。他先把杂技团的丁团长介绍给大家，然后说丁团长听了《献诗》以后要向大家报告一个消息。接着丁团长用响亮的声音说：

"我们慰问团第四分团的王复标代表委托我向同志们报告一个消息：他在这里找到了他分别了将近二十年的老朋友，他女儿的真正父亲。刚才朗诵《献诗》的王芳同志就是志愿军王主任的亲生女儿。我们慰问团第四分团周副团长要我代表全团同志祝贺王主任父女团圆……"

"老朋友，你怎么搞的？"王主任有点狼狈，他红着脸抓住王复标一只胳膊抱怨道。他来不及说第二句话，王复标已经站起来，第一个鼓掌了。

一刹时大家都站起来，王主任也只好起立。只听见一片欢呼和掌声。好多人都朝王主任这里看。军长大声在嚷："王芳呢？叫她到这里来！"

王芳满脸通红，两眼发光，走到第一排，向军长敬了礼。军长拉住她的手连声说："同志，给你道喜，给你道喜啊。"慰问团的周副团长也跟她握手。好些人围着她跟她拉手，向她问话。

"王主任！王主任！"军长忽然回过头来大声唤道。可是王主任早已离开座位不见了。"王主任呢？警卫员，去请五号来……"

我是看见王主任走出去的。这时我又想起了他，便悄悄地离开这个人声嘈杂的会场,掀起雨布门帘到外面去了。

会场里舞台上汽灯点得雪亮。可是外面一点灯光也看不见。幸好那一轮被白云遮尽了的秋月还洒下些朦胧的余光,让我一眼就看见王主任一个人静悄悄地站在树下。我向着他走去。他听见脚步声,回头看了看,说了一句:"你也出来了。"

"我是来找你的,"我小声答道,"大家都等着你去。"我忍不住又问:"王主任,你为什么躲在这里?"

他又搔起脸颊来。他说:"我想安静一会儿,我就出来了。老李,我想起了从前的事情。……一切都来得不容易啊……我在想——"他突然闭了嘴,有人来了。王芳已经走到了我们的面前。

"爸爸,"王芳两只手拉住王主任的右手亲热地唤道。她停了半晌,才接下去说:"你一定要跟我讲你过去的事,我知道你吃了不少的苦。这些年你一直是一个人——"她的声音变了,她讲不下去了。

王主任把左手压在王芳的手上,感动地说:"孩子,我一定讲给你听。这些年我一直等着你。我并没有白等啊！不过我想不到复标同志会来这一手。他怎么可以说他不是你的父亲呢？不管他怎样说，你对他可不能改变称呼。至于我，你叫我五号，叫我爸爸，都是一样。你本来就是我的女儿。"

"爸爸，你放心，我一向都听你的话。你，你还是我的上级啊！"她说到这里忽然高兴地笑了。

父女两人以后的谈话我就没有听到了，因为我觉得自己并没有权利留在这里听他们讲下去，而且我刚刚走开，军长的警卫员就走过去，举起手敬礼，大声说："报告！"……

慰问团的同志们在司令部一共住了三天。他们离开这里的前夕，司令部还为他们举行了舞会。我虽然不会交谊舞，却也让王主任拉了去。我坐在靠墙壁放的长板凳上看别人跳舞。王复标坐在另一根板凳上。他在那里坐了几个钟点，王芳就坐在他的身边，两个人一直讲个不停。她仍然叫他"阿爸"，他仍然唤她"阿芳"。我觉得他们仍然是一对十分亲爱的父女。

到十二点钟，有人宣布舞会结束了。我站起来，正要走出会场。不知道由谁开始，人们忽然互相拥抱起来。我连忙躲到一个角上。我看见军长和周副团长都给人抬了起来,在会场上转来转去。我看见王主任同王复标抱在一起,王芳和上海杂技团的一位女同志抱在一起。人们大声唱着《志愿军战歌》,热情地转来转去。不是跳舞,只是简单地、没有节奏地打转!王主任和王芳碰到一处了。一个笑着叫"小鬼",一个笑着叫"五号"。他们叫得比从前更亲热,但是也更自然。

我还以为大家这样地转个几分钟就够了,却没有想到人们越转越热烈,不愿意停下来。后来连我也让上海杂技团的丁团长拖进圈子里去了。他看见我穿一身军装,把我也当成了志愿军。我起初还有点勉强,可是不到一会儿功夫,我也疯狂地转起来了。我只有一种奇特的感觉:我同祖国在一起,我的心紧紧地挨着祖国。我感到莫大的幸福。我甚至忘记了自己,我甚至觉得我跟大家合在一起分不开了。

我不知道别人是不是也有这样的感觉。可是大家就这样热情地转了一个多钟头,还不想分开。等到我和王主任同路回政治部去的时候,已经是第二天早晨两点多钟了。

我又兴奋又疲倦，一路上讲话不多。王主任大概也是这样。我们走了一段路，他才开口。他突然问我："老李，我们是不是在做梦？"

我不明白他的意思，便反问道："王主任，你为什么说是做梦？"

"太幸福了！"他好像在自言自语。

我也感动地说："不是梦！梦哪里有这样美？"

过了几分钟，他忽然抓住我的右胳膊，恳切地央求："老李，你替我写出来，王复标的事情你一定要写。这样一个好同志！不把他写出来，我的心永远放不下。你一定替我写罢。"

"我写，我写！"我不加思索、爽快地答道。

我送走了慰问团以后，就履行我这个诺言，开始写下我的一些见闻。我说是写王复标，可是我写得更多的却是王主任和王芳。我写了以上的两万多字，却不想马上送给王主任看，我耽心他不满意，会把这几十张原稿纸撕掉。

1961 年 7 月 20 日在上海

★

《飞罢,英雄的小嘎嘶!》

———————

一

我最近在我的家乡成都住了将近四个月。我的住处离大街不远,我每天早饭后出门散步,常常不知不觉地走进了大街。尽管马路大大地加宽了,尽管街心和两旁人行道都十分干净了,这十多年的变化的确大得很,连路上的行人和商店店员的面貌也完全不同了!可是大街上的一切在我的眼里仍然显得非常亲切。我更满意的是我再也看不到过去那些愁眉苦脸了。这一天我出门稍稍晚一点,商店门全打开了,来往的行人也多了些。男男女女,老老少少，穿得干干净净，一路上有说有笑，一个个眼笑眉开。我虽然不识这些迎面过来的行人，却觉得每张脸都是我常见的。我走进商店，年轻的店员也像接待熟人一样地接待我。我买好自己需要的东西，高高兴兴地走回住处。我走到十字路口，那里有一家照相馆，玻璃橱窗里陈列了几张幼儿园生活的彩色照片。孩子们胖嘟嘟的脸笑得多么甜！我越看越喜欢。大卡车驶过来的声音我是听见了的，这样的声音我也听惯了。虽说在这些大街上载重的大卡车并非川流不息地来来往往，但也不是十分罕见的东西。我打算等卡车过去，就走下人行横道，我正在掉转身子，忽然听见一个意外的大声音（我知道卡车停下来了），接着人声嘈杂起来。不知是我的动作迟缓还是人们动得敏捷，我朝街心望过去的时候，那里已经围了一大群人，大卡车就停在当中。我心里一紧，我以为一定是车子撞伤了人。可是我又想弄清楚究竟发生了什么事情。我踌躇了一下，还是朝街心人丛中走去。我走了不过四五步，人们就散开了。一个年轻姑娘扶着一位穿棉袍的老年人正朝人行道上走。老人嘴里含含糊糊地不知在讲些什么。

姑娘声音清脆地说:"爷爷,你不要说罗。亏得那位同志拉你一把。人家膀子撞得血淋淋的,也没有抱怨过一句。"老人还在讲话,我仿佛听见了一句:"我在怪我自己嘛。"可是老人已经让姑娘搀着上了人行道,我的眼光也让另一个人吸引住了。我首先看到的是那只带血的右胳膊。褪了色的蓝布棉中山装的袖子破了一大块,半截袖口垂了下来,棉花露出一大片,全染红了。我的眼光刚移到脸上,就听见这样的话:"同志,还是让我回去罢。我不过擦破一点儿皮。"声音非常熟。我看那张脸,我忍不住要叫起来。我的嘴动了三次,才叫出了一声"老吴"!是老吴,一定是老吴!那个穿深蓝色棉制服、帽子后面垂两根长辫的女交通警察正在跟他讲话,他听见我的叫声,马上朝我这面看。他那张黑黄黑黄、方方正正的脸上露出了笑容。左边脸颊上那个伤疤仍然显著,有点像笑涡。差不多连成了"一"字的两道浓眉忽然明显地分开来了,我又看到那双奕奕有神的眼睛。我听见那个很熟的声音说:"巴同志,原来你在这儿!"他说着就要过来找我。那个女交通警察连忙把他的左胳膊挽住,又惊又急地说:"同志，你不能走开啊！我要送你到医院去。"

我走到老吴跟前了。他看见我便说："巴同志，请你给我证明一下，我这点儿伤不在乎，不进医院也会好。"圆圆脸的女交通警察见他固执不肯听话，又好急又好笑，不等他把话讲完，就插嘴对我说："同志，你来得正好，你是他的朋友，你劝劝他跟我到医院去看医生嘛。三轮车还在等我们。"老吴还要讲话，我也打算讲话，可是旁边好几位不认识的人已经开口了。他们有的温和地劝告，有的正经地发表意见，都主张送老吴到医院去。我当然附和大家的言论。我看见老吴又把两道浓眉聚在一起写出一个出色的"一"字，知道他并不愿意，可是他也只好跟着女交通警察坐上三轮车走了。

我正在懊悔没有向老吴要地址，我想：以后怎样同他见面或者跟他通信呢？老吴忽然在三轮车上回过头来唤我。我连忙跑到刚刚停下来的三轮车旁边。老吴伸出左手递给我一小方纸。我以为他把他的地址给我了，却听见他带笑说："巴同志，请把你的地址写给我。"我知道时间对他是很宝贵的，也看到女交通警察脸上焦急的颜色，我一句话也不说，急匆匆地把地址写了下来。三轮车就向前飞跑了。

街心的人早已散尽。大卡车也不见了。但是人行道上还有人三三两两，边走边谈。我无意间听见他们的话，谈的正是老吴的事情："不能怪司机同志。那位老爷爷不依照交通规则，不走人行横道，穿马路又不看四面八方……"

"是嘛，车子过来他也不理。亏得那位同志，连自家性命也不顾，跑下去拉开他，不然他就没命了。自家不小心害得别人吃苦。"

"听说那位同志是公社的干部，还是从朝鲜回来的志愿军，救了别人伤了自家，幸亏伤得不重……"

"不重？你去撞一下试试看！不痛惨才怪！"

"我并没有说不痛嘛。不过你看人家一点儿也不在乎，连医院也不肯去，到底是朝鲜战场上的英雄，与众不同啊……"

他们都是年轻人，谈得很起劲。我无意地跟着他们走了一段路。我很想把我知道的有关老吴的事情告诉他们，我相信他们一定愿意听这一类的话。可是我怕自己讲不清楚，又耽心他们没有功夫，因此我一句话也没有说。

我回到了我的住处。在那座小楼上，我坐在写字桌前，从玻璃窗里望出去。院子里静静的。那条石板铺的门道非常清楚地迎着我的视线。一个穿蓝色棉中山装的人推着一部自行车顺着门道从外面走进院子里来。"老吴来了！"我忽然想道，连忙从侧门到走廊上去看。原来是一个陌生人，只有身上的衣服跟老吴穿的差不多。我完全没有理由误认他作老吴。我自己也觉得可笑，便回到写字桌前开始我日常的工作。

我埋着头专心地写字，忽然听见楼梯上的脚步声，我立刻放下笔站起来。我毫无根据地认为：老吴来了，便转过身去迎接他。不用说，进来的并非老吴，却是一个送信人。

我了解这种怀友的心情，我原谅了自己，就索性放下工作，安安静静地坐在椅子上，准备花整个上午甚至整天的功夫把老吴迎接到我的脑子里来。

二

我第一次看见老吴是在一九五二年的春天。当

李大海

时我入朝还不满一个月,一天傍晚我坐兵政①的小吉普到开城去。车上除了我还有一个二十岁左右的通讯员小赵。小赵带着我的铺盖卷坐在后面。我坐的是驾驶台旁边的前座。宣传部李部长送我到山沟口上车,他指着司机同志对我说:"这是你的同乡,立过二等功的,他送你去!"司机同志站在前面插得有带叶树枝的小吉普跟前对我微笑。我跟他握了手。他笑着说:"我叫吴万山,成都人,大家都喊我老吴。"我答了一句:"那么我们还是小同乡。"他点点头,又说:"我听你口音就晓得。"

车子开出山沟不多久,天就黑了。车子跑得快,老吴开着小灯,他精神专注地望着前面。车子刚刚绕过一座山,老吴忽然关了灯。接着我听见一声枪响。飞机声渐渐近了。车子仍然在黑暗中飞跑。我正奇怪老吴怎么看得清前面的路,飞机一下子到我们头上来了。它飞得低,好像在追我们这辆小吉普,其实我们后面还有好几部嘎嘶车。这个时候我只听见飞机声和车轮声。

----

① 兵政:兵团政治部。

"不要紧，"老吴一个人在自言自语。他很沉着地开着车子朝前飞奔。飞机声又由大变小了。但是就在我以为敌机远去了的时候，它却折了回来。前面半空中出现了一盏电灯。老吴哂笑道："敌人怕我看不见开车，给我打灯笼了。"他刚说完，电灯又添了一盏，就挂在前一盏的上面。接着又出现了第三盏，一盏比一盏高。我想，一定还有第四盏，第五盏……可是突然响起了"阁阁阁"的声音。在这样的扫射之后，又是投弹。我看见了火光，听见了爆炸声，心里有些紧张。小赵在后面说话了："不知道打中了谁的车子。"

"这些强盗！"老吴生气地骂了起来。他仍然沉着地开动车子，一面继续讲话："前头那座桥就是它们的目标，炸了快一年了，从没有断过。真是废物！"

我们的小吉普朝着桥头奔去。打中了的嘎嘶车在桥的另一面燃烧。我远远地望见有人在扑灭火。老吴接连骂了几声"强盗"。我看不清他的脸色，可是我想像得到他那种咬牙切齿的表情。三颗照明弹离我们越来越近。公路明显地一直伸到桥头。我看得出来老吴始终在留意空中的声音。于是最下面的照明弹突然灭了。我们的车子快到桥头,三颗照明弹全不见了。车子驶过了桥,停在一棵大树下面。

"巴同志,我们在这儿歇一会儿,"老吴匆匆地说。他跳下车,就朝前面那辆打中了的嘎嘶车跑去。

老吴跑得真快,等我下了车,他已经奔到嘎嘶车前,拿着刚刚在河边弄湿了的棉大衣扑上车去,把一股新冒起来的火盖住了。接着小赵也奔了过去。我到了嘎嘶车前,火已经灭了。车上车下都是呛人的浓烟和刺鼻的焦味。老吴和另外两个我未见过的同志站在车前谈话,一面用毛巾揩脸。小赵从车子后面转了出来,身上也染了点焦味。

我连忙问小赵:"有没有损失?"

小赵答道:"不多,不过一两箱罢。"

我听见老吴大声说了一句"开城见"。他朝着我走来,声音轻快地说:"没有事了。请你在这儿等我。我马上把车子开过来。"他不等我答话,就奔到小吉普那里,把车子开过来了。

我和小赵都上了车。车子开动后,我忽然听见有人叫"老吴!"原来嘎嘶车的司机助手抱着一件棉大衣从后面追上来，口里嚷着："你的棉大衣！"老吴停了车，接过那件焦味很重的棉大衣，塞到自己背后。他听见那个年轻的助手笑着说："你真慷慨，帮了忙还要送件棉大衣，"便答道："不要紧，放在你们那儿还少得了！告诉老马，快点收拾好开车。我在开城等你们。"

我们的吉普车又开了小灯朝前跑起来。小赵从后面拿起老吴那件揉成了一团的棉大衣。我以为他想折好它。可是他一个人在自言自语："崭新的一件棉大衣给烧了几个窟窿，真可惜！"

"有啥子可惜！"老吴在驾驶台上接嘴道。"烧坏了两箱公家的东西才教人心疼！"

我连忙问："损失了些什么东西？"

老吴答道："不要紧，损失不大。都是从祖国买来的杂七杂八的东西……"他的话还没有完，小赵忽然在后面打岔道："你就披我这件大衣罢，我现在用不着。"小赵真的把自己的棉大衣披在老吴的身上了。老吴推辞地说："小鬼，你自家穿罢，我不冷。"可是小赵不拿走棉大衣，他也就让它搭在自己的两个肩头。

李大海

吉普车继续向前奔跑,它一会儿跑过两旁有树的公路,一会儿绕着山脚左弯右拐,然后又走上平坦的公路。我的思想也动得厉害,它时而在祖国,时而在朝鲜,它好像在作一种努力:把祖国的生活同这里的生活连在一起。车子忽然停了下来。我不但吃了一惊,而且身子朝前一扑。

小小的一束野花扔进车来,扔到了我的怀里。接着是一句中国话:"志愿军叔叔好!"念音不准确,可是声音清脆,我一听就知道讲话的是朝鲜小姑娘。

她穿着一件薄薄的白色短衣和一条白色裙子,头上盖着黑黑的短发,脸蛋冻得通红,瘦小的脸上有两只显得很大的眼睛。她的年纪不过十一、二岁。她把右手伸到我的怀里来,笑着说:"中国沙拉米①大大的好。"她的手好冷!我把它紧紧捏在我两只手里。老吴在驾驶台上用朝鲜话向她问话。他们一问一答。她把右手缩回去,走到老吴那面去了。他们又谈了几句,老吴忽然掉过脸来问我:

"巴同志,她要走路到开城去找她外婆,我们带

---

① 沙拉米:朝鲜话,人的意思。

她去好不好?"

"当然好,"我答道。小赵马上在后面接下去说:"到我这里来。"

老吴把小姑娘抱上车,拿小赵那件棉大衣裹住她的身子,把她放到后面小赵的身边。小姑娘不住口地用朝鲜话说:"谢谢。"老吴从裤袋里掏出了一个馒头,塞到小姑娘的手里,说:"你吃罢。"他又开起车子飞跑了。

"她的妈生病,睡在家里,她走路到开城去。让她一个人走,恐怕走到天亮还到不了!我看见这些小姑娘,心里总有点不好过,"老吴又在驾驶台上讲起话来。

"老吴同志,你有小孩吗?"我问道。

"有个女娃子,我入朝后才生的。我爱人也不寄张相片来,我连我那丫头儿是胖是瘦也不晓得,"老吴答道,他高兴地笑了一声。

"你放心,你的女儿瘦不了,"小赵在后面插嘴道。

"小鬼,你怎么晓得我的女娃子瘦不了?"老吴忽然正经地问道。

"你的爱人长得高高大大。鼎鼎大名的四川省劳动模范王巧英,谁不知道!你自己身材也不低。你们怎么会生出瘦小的姑娘来?"小赵得意地答道。

老吴忍住笑,骂道:"小鬼,你一天就爱瞎扯!这些事你不懂,少开腔!"

小赵笑着大声分辩道:"难道那张戴大红花照的相片是假的!"他不让老吴讲话,便抢先向我解释:"他爱人写信来,他找人念给他听,事情就传开来了。"他接着又换过口气说:"巴同志,你不要看老吴一天嘻嘻哈哈,他真有一手啊。他下了决心,什么困难都能克服!那是他初入朝的事。后来他爱人来信,他就不找人念了。他自己写回信,几张纸也写不完。"老吴插嘴说一句:"你又在冲壳子①!"他也不理睬,只顾往下说:"他还给墙报写文章。当初他拿起生字本念来念去,边念边打瞌睡,我真耽心他开车会翻觔斗。"老吴忍不住噗嗤一笑。"现在我放心了。"

老吴带笑回答他:"要不是巴同志跟朝鲜小朋友

---

① 冲壳子(四川话):吹牛的意思。

在我的车上，我现在就翻个觔斗，看你还敢不敢瞎扯！"

"志愿军叔叔！"朝鲜小姑娘早把馒头吃光了，忽然大声唤起来。老吴连忙用朝鲜话问她有什么事。小姑娘也用朝鲜话问："开城快到了吗？"

"快了，快了，"老吴用朝鲜话答道。然后他对小赵说："小鬼，不要尽说废话了。你好好照顾小朋友罢。孩子心里很急……"他的话还没有完，听见一声枪响，他马上关了灯，连嘴也闭上了。

这以后老吴就专心开车。小赵在后面有时跟小朋友交谈两三句。我静静地靠在座位上。车子不快不慢从容地跑过一条又一条平坦的公路。我渐渐地感到了朝鲜春夜的寒气，也闻到了朝鲜春夜的土香。小赵忽然轻轻地说了一句："小姑娘睡着了。"老吴立刻小声吩咐他："把我那件大衣给她盖上，不要教她着凉。"

"我早给她盖上了，她睡得真好，"小赵高兴地答道。

车子继续走了好一会儿！忽然从什么地方传来一声"响雷"，左面山头冒起了火光。小姑娘在梦中哭着叫起"妈妈！妈妈！"来。

"小朋友怎么啦？"老吴关心地惊问道。他的眼睛仍然注视着前面若隐若现的公路。小赵正在摇动小姑娘的身子，不停地大声叫她。

小姑娘不哭了。小赵回答老吴："她做了怪梦了。"老吴一面开车，一面用朝鲜话安慰小姑娘。我听见小姑娘声音带哭地接连说："我不哭，我不哭。"她停了片刻，又问，"志愿军叔叔，快到了罢？"

"就要到了，"老吴温和地答道。果然不久他就开了灯，加快了车速。我听见小赵在后面对小姑娘说："你看！那是什么？"便抬起头看墨色的天空。我看到了那根伸入云层的高高的光柱。我知道这就是板门店停战谈判会场区的探照灯光了。

"到了，到了！"小姑娘兴奋地说。她笑着拍起小手来。老吴在驾驶台上跟着她说："到了，到了！"他也满意地微笑了。

车子驶进了开城，穿过那些荒凉的街道，驶过了筑在城中心的钟楼。小姑娘高兴地嚷起来："那边！那边！"

老吴停了车。小姑娘很快地脱掉棉大衣跳下来，连说了两声"志愿军叔叔,再见!谢谢啊!"就往黑暗里跑。老吴和小赵都在车上用朝鲜话大声叫:"慢点!慢点!"可是她已经不见了。

我手里还拿着她扔给我的那束野花,便对老吴说:"我们把车子开过去看看。"

老吴点了点头,就把小吉普开到白衣白裙消失的地方。车灯照亮了一堵烧剩的砖墙,墙脚有一间破木板搭的屋子,只有一半露在地面上。

"一定在这里头,"老吴刚说了这句话,破木板门就打开了,小姑娘叫着"志愿军叔叔",奔上地面来,奔到车前,扑到老吴的怀里,拉了小赵的手,又拉我的胳膊。她笑得多高兴。

我听见有人在叫"顺姬!顺姬!"我知道这是谁的唤声。我把眼光射了过去。破屋门前出现了一个老妇人,一身干净的白色短袄和白色长裙。她站在那里,一只手搭在眉毛上,挡住从车灯射过去的亮光。

小姑娘大声应着,她又向我们说:"志愿军叔叔,再见!"就要朝破屋跑去。老吴连忙拉住她,又从裤袋里掏出两个馒头塞到她两只小手里,亲热地说声"再见",就松了手让她走了。我们看见她跑到她外婆那里,看见她们两个向我们摇手(顺姬的手里还捏着馒头),听见她们大声说"再见"和"谢谢"。我们也向她们挥手说"再见"。老吴忽然叹了一口气,就把车子开走了。

"老吴,你把馒头都给了她,自己吃什么?"小赵在后面问道。

"我一天吃得饱饱的,少吃半顿不要紧。人家小姑娘又冷又饿,住这样的地方……"老吴正经地说。我朝他的脸上看,我第一次看到他那种奇特的"一"字眉毛。

小赵不等他讲完,就接下去说:"我知道你在想你自己的女儿。"

老吴带点批评的口气答复小赵道:"小鬼,你懂得啥子!我那个女娃子,她才真幸福啊。多想想人家罢。"

小赵不做声了。我也不讲话。老吴也沉默了。小吉普又穿过一些没有半间完好房屋的街道,终于在城外一个地方停了下来。我的目的地到了。

我匆匆地下了车。我离开老吴的时候,他还在驾驶台上大声说："巴同志，再见！"我听见车轮的声音，却不知道车子开到什么地方去。

三

我在开城郊外住了下来。军政治部秘书科的王秘书把我引到一家朝鲜人家，我手里还捏着那束野花，小赵扛着我的铺盖卷跟在后面。王秘书在门上拍了几下。门开了。一位白衣、白裙、白头发的老大娘站在门内带笑地欢迎我们："你们来了。快进来。"她把我们带进木板廊上一间靠里的干净小屋子。我把花放在屋内一张一尺高的小圆桌上。王秘书点燃他带来的蜡烛。小赵在地炕上摊开我的铺盖。我们正在谈话，老大娘忽然在廊上叫起来："飞机！"我们听见了敌机的很大的声音，王秘书连忙将蜡烛吹灭。他说，这里虽是"中立区"，可是美国人什么坏事都干得出来，大家还是小心的好。王秘书和小赵刚走，我就躺在地炕上睡了。

第二天下午，我午睡起来，正在房里看材料，忽然听见外面有人大叫："报告！"我连忙走出房门，看见老吴站在廊下院子里。他见到我,便带笑说:"巴同志,我今晚上要回去了。你要不要带信?有没有事情?"

"我没有信,谢谢你。你上来坐坐罢,"我高兴地答道,好像看见了老朋友一样。

"我不耽搁你,坐一会儿就走,"老吴带笑说。他坐在木板廊上,解开脚上球鞋的带子,脱了鞋,走上来,跟着我进了小屋。

我们两个都坐在地炕上,中间隔着那张一尺高的小圆桌。我们刚刚坐定,老吴忽然从裤袋里掏出一大把五颜六色的水果糖放在小圆桌上,亲切地笑道:"请吃糖,请吃糖!"他自己先拿起一颗糖,剥开包皮纸放到嘴里去。

小赵走进屋来,听见老吴的话,笑问道:"你在哪里弄来的糖?"

老吴那张不算瘦的黑黄脸上铺满了笑容,两道浓眉显得特别黑,特别平。他嚼着糖笑道:"你们吃了,我就说。巴同志,你吃罢,不要客气嘛!"他看见我们都把糖放进了嘴里,便接下去说:"老马给我的。他刚才在安东买来。祖国来的糖,不简单啊!

你们多吃几颗。"

我听见这几句话，便抓起桌上的糖，放到他面前地炕上，说："这是别人送给你的，你自己留着吃罢。"

老吴马上捧着糖站起来。他又把糖放到小桌上，笑着说："巴同志，你不要客气嘛。小赵这个小鬼天天想家，让他多吃两颗也好。"

小赵带笑辩道："巴同志，你不要相信他的话。我家里又没有一位戴大红花的劳动模范，哪里像人家不是挑战，就是竞赛，不是寄相片，就是寄荷包。一封一封信写得比糖还甜。他不用吃糖，连心里也甜了……"

"小鬼，你再瞎扯！看我不把这些糖全塞进你嘴里头，让你心里也甜一下！"老吴骂道。可是，他仍然坐在地炕上满意地哈哈笑着。

小赵不理他，却换了话题说："昨天我也给老马帮过忙，不过我不像你那样向人伸手讨糖吃。"老吴刚刚开口说了一个"我"字，小赵不让他插嘴，又换过语气说："说句公平话，老吴有什么东西，从来不肯藏起来，总要分给大家。"老吴忍不住带笑地插进来一句："你又在冲壳子！"

"我讲的全是真话，"小赵只顾认真地往下说；"别人不是存了毛巾，就是存了袜子、鞋子。只有老吴一个人什么也没有多的。不是他浪费，他全送掉了。连他爱人亲手做的荷包，他也送给别人。"

"不是荷包，是脸帕口袋！"老吴笑着分辩说。"可见你的话靠不住！"

"我的话千真万确！"小赵扬起眉毛得意地说，好像他自己做了值得表扬的事一样。"只要有人向他讨，他连爱人的相片也舍得拿出来。"小赵说到这里自己先笑了。

"给别人看看老婆的相片，有啥子稀奇！我不像你们那样封建，"老吴笑道。

我看出来，小赵虽然喜欢跟老吴开玩笑，其实对老吴大有好感，老吴也并不因为他这些话生气。老吴的年纪比小赵的大，根据我的眼睛判断，老吴可能过了三十，小赵不过二十光景。可是他们好像谈得来，处得好，两人中间还存在着友情。这种判断使我高兴。我初到朝鲜，开始在志愿军中间生活，对什么都感到新奇，对什么都感到兴趣。所以老吴和小赵很容易引起我的注意,打动我的心。还不到一天的功夫,我们好像已经成了熟朋友。同他们在一起,哪怕坐在这间简陋屋子的地炕上,哪怕听他们谈些信口讲出的玩笑话,我也觉得很亲切,很愉快。不用说,我也想参加他们的谈话。可是我无法跟他们开玩笑,因为关于他们我知道得太少了。我只好改变话题谈别的事情。我便插嘴问老吴:

"老吴同志,老马的车子是不是昨天晚上赶到的?损失究竟大不大?"

老吴收起了笑容答道:"他机器出了毛病,在天亮前才赶到。损失不大,合起来不过一箱多点儿。从祖国买来的笔记本、自来水笔、口琴、糖果都损失了些。这次刚刚买来给军里开会用的。有的要做奖品……"

小赵刚刚把一颗水果糖放进嘴里,他望着老吴眨了眨眼睛,插嘴说:"我看要不是巴同志在车上,你昨天又会冒险来一下。"

老吴抱歉似地笑了笑:"这有啥子稀奇!我的确爱跟敌人开开玩笑,斗斗法。况且这是公家的东西嘛,老马又是我的老战友。"

我不大懂他们的谈话，带了点不安地问道："老吴同志，是不是我妨碍了你？给你添了什么麻烦？"

"不是！不是！"老吴连忙摇头答道。"我只有一个任务，就是把你安全送到开城。"

小赵一定看到了我那疑惑不解的脸色，他含笑对我解释道："巴同志，你没有听懂我的话。我在说你把我救了。要是你不在车上，老吴就会开起大灯把敌机引开。老马的车子可能不会出事。可是说不定炸弹、燃烧弹、机关枪子弹都会落到小吉普上面，我当然也'报销'了……"

"你又在冲壳子！"老吴笑着打断了他的话。

"你说你有没有干过这种事情？"小赵忽然红了脸，认真地质问老吴。

"我又不是有意干的，"老吴答道。他勉强笑了笑，露了点窘相。

"我听见人讲过两次。有一次你开空车走过一个渡口，好些车子挤在那里。敌机来了，在头上飞了一阵，开始低飞扫射。你把车子掉转身，开起灯拚命跑。敌机给你引开了。你的车子左弯右拐，时快时慢，有时又躲在大树下休息，引得敌人报销了不少的机关枪子弹和炸弹。听说你左腿也打伤了。"

我看见老吴把他那两道浓眉皱成了一个显著的"一"字。可是他听到小赵的最后一句话,忽然笑了起来,理直气壮地驳道:"你明明信口开河。我左腿受伤是老马亲眼看见的。你不信可以问老马。我们开车送粮食到前线,我怎么敢冒险?"

小赵红着脸固执地说:"我们现在不谈受伤不受伤。我只问你:有没有那样的事?"

老吴勉强笑答道:"我说过我不是有意干的。"

我明白小赵在向我宣传老吴的英雄事迹,老吴却不愿意别人当他的面提起那些事。我听了他们两人的对话,对我这位小同乡也有了较深的了解了(不消说,这是我自己的意见)。说实话,我喜欢这个人,也愿意跟他在一起多谈。我便又换过话题,向老吴问起朝鲜的一些情况,也对他讲了些祖国建设上的成就。小赵也参加我们的谈话。我们三个人一直谈到我出去吃饭的时候。我拿出自己的笔记本,请老吴在上面写下他的名字。老吴高高兴兴地掏出他那支英雄牌金笔,在笔记本后面空白页的左下角写了三个笔划很粗的小字:吴万山。

四

这天傍晚小赵陪着我在附近散步。这一带所谓"中立区",有不少的人家。虽然多数是破房,到处有断瓦颓垣,废墟上还种了些菜,但是也有几间整齐的房屋。朝鲜老大娘和大嫂子穿得干干净净,头上顶着包袱或者罐子来来去去。姑娘和小孩们在屋前空地上唱歌跳舞。眼前这种熙熙攘攘的欢乐景象,跟我在那个只有寥寥几份人家的山沟里常见的大不相同了。我信步走了一阵,忽然听见有人叫我。我抬起头朝前面看,老吴刚刚从一家院子里跑了出来。

"老吴同志,你还没有走?"我含笑问道,我高兴又见到了他。

"就要走了。我回来拿东西。再见!"他举起手大声说,手里拿着一个绣花的慰问袋。

我的眼光跟随他的背影朝前望去。我看到了那辆小吉普。小赵在我旁边说:"我们赶上去。"

我们赶到车旁,老吴已经坐在驾驶台上坐好了。他伸出头在跟人讲话。我认不清那个人是谁。小赵指着他对我说:"老马,他从前是老吴的助手。"

老吴看见我走近,在车上朝我一挥手,带笑地说声:"巴同志,再见!"便开起车子走了。

我望着车子转了弯。小赵跟老马谈起话来。我这才看清楚老马是一个瘦小精干的年轻人。他脸上肉不多,显得颧骨高高,可是一对眼睛相当亮。他们正在谈论老吴,我便插嘴向老马问起老吴受伤的事情。

听口音我知道老马是上海人。他离开家乡不过一年几个月,我长时期在上海工作,所以我们一谈便熟。我们三个坐在一家院子的木门槛上,老马兴奋地谈起了老吴:

"……我们是老战友。去年我们一道在军后勤汽车连。他是班长,我当他的助手。我们开一部嘎嘶车,安全行车两万多公里,没出事故。后来他挂了花,治好以后就调走了。他是个好同志,好司机。他爱护车子就像爱护自家的小人①一样。他不管多么疲劳,停下车来也不肯休息,总要认真检查车子,把车子擦洗得干干净净。有时他真困,快睁不开眼

---

① 小人(上海话):"孩子"的意思。

睛，他不是跑到小河边弄点水洗洗眼睛，就是抓一把雪擦擦面孔（一到冬天，朝鲜遍地大雪，不像在上海几年才看见一次雪，一天半天就化了）。我看见他这样苦干，我也不敢偷懒了。

"去年秋天一个有月亮的晚上，我们两个开车子送粮食到前线，已经走了大半的路程，不晓得怎样让敌机发现了。突然'噗，噗，噗，'我们头上挂起了一排'天灯'，照得公路亮晃晃的。我们当时找不到隐蔽的地方。说真话，我心里有点紧张。老吴倒很镇静，他加足了马力开起车子冲过去。一梭子机关枪子弹扫过来，都落在我们的后头。我们车子仍然拚命地跑，老吴一面给我打气：'不要怕，我们斗得过它！'敌机追上来了，又是一梭子机关枪子弹。这一回打中了车上盖的篷布，烟火冲进了驾驶台。老吴马上停车，教我跟他一道爬上车去，把着了火的篷布拉开。谁知他打开驾驶台的车门，刚刚下车，就昏倒在地上，一脸都是血，原来他脸上、腿上都挂了花。我先包扎好他的伤口，又转身去把车上的火扑灭。敌机还在上空转来转去，又扫射，又投燃烧弹，都没有打中。老吴醒过来了，他在旁边大声叫起来：'老马，快，快，开车冲出去！'我又是急，又是恨，一时没有主意，我就问他：'班长，你哪？'他说：'老马，你不要管我，前线的粮食要紧，要保证按时送到啊！'我还有点迟疑不决。他生气了，叫哑了声音批评我：'老马，你是个党员，你怎么这样婆婆妈妈的？这一车子粮食打坏了，哪个负得起责任？快冲出去！'我只好听他的话。我把他搬到一棵树下，又拿棉大衣盖在他的身上。他很着急，接连催我开车冲出去。我把粮食送到了。我整夜都在耽心他的伤。第二天我回到连里，才晓得他已经给兄弟部队抢救到医院去了，他们还给他施行了手术。后来我又听说，他醒过来见人就问：'老马把粮食送到没有？有没有损失？'他晓得我把粮食送到了，才放心养伤。……"

老马谈起老吴越谈越有劲。小赵听见人表扬老吴更是万分高兴。我当然也愿意多知道老吴的事情。要不是有人来把老马叫走，他很可能跟我们谈到半夜。

五

我在开城住了一个多月。我找过老马几次，我还想听他谈谈老吴的事情。可是我只见到他两面，而且两次都是在嘎嘶车旁边，跟我们匆匆地交谈了几句，他就坐上驾驶台开起车子走了。我在访问、座谈、看材料、记笔记、写通讯报导以后的休息时间里也曾跟小赵闲谈，他常常谈到老吴，只是他谈的都是些我已经知道的事情，至多不过增加一些细节而已。

我正打算离开开城到前沿的坑道里去访问最近攻占××高地的英雄连队，一天上午我在房里写信，忽然听见一声熟习的"报告！"我刚刚站了起来，老吴就推开门进来了。他是带着笑声进来的。他来得这么突然！我的右手让他的两只手紧紧捏住的时候，我还疑心是在梦中。

"老吴同志，好久不见你了。"我满心欢喜地说。

"我回祖国去了一趟；又送我们主任到志政开会，"老吴笑容满面地说。"我昨天夜里来的，睡了一觉，起来就来看你。"他从裤袋里掏出一包"白锡包"放在小圆桌上。"我给你带来的。我在天津买到两包烟，一包请大家抽光了，这一包留给你。巴同志，我晓得你们拿笔杆的人都爱抽烟。听说这是上海出的好纸烟。"

我其实抽烟很少,一天难得抽两支。可是老吴看见我抽过一支烟,他就记在心里。我现在要说服他把"白锡包"收回去,毫无办法。小赵进来了。我听了他的劝告,终于让了步。于是我们三个人又安静地坐下,在亲切、和睦的气氛中谈起来。

不用说,还是老吴谈得多些。他谈了回国后的见闻,也谈到他最近的情况。我非常羡慕他:他浑身是劲,对什么都很乐观,而且永远是那么高兴。虽然他两只眼睛里都有血丝,显得红红的,可是他动作、讲话都不带丝毫的倦意。

我看见老吴那双发红的眼睛,又注意到他左边脸颊上那个带黑色的伤疤,才觉得他的脸有些消瘦了,便关心地劝他:"老吴同志,你要注意身体啊。你看你眼睛都熬红了,是不是昨晚上又没有睡好?"

老吴不回答。他望着我,两道眉毛又连起来了。他忽然问道:"巴同志,你还记得那个朝鲜小姑娘吗?"

我点点头,说:"我记得,她叫顺姬。"我马上想起了白衣白裙的小小身形和那束早已枯萎了的野花。

老吴接着说下去:"对,小姑娘叫金顺姬,那天我跟你们分别以后,车子开到钟楼附近,我找到了金顺姬外婆家,把小姑娘接上车,顺路送她回家。哪个晓得到了那儿,她认不得自家的家了。我们找来找去,只见一些瓦堆,路边还有大半截烧焦的树干。随后我们碰见一位老大娘,她提了个篮子走过来。我问她,才晓得前一天夜里敌机来丢了几个燃烧弹,把啥子都烧光了。我又问她晓得不晓得金顺姬的妈。她只说死了十多个人。老大娘上了年纪,耳朵又不好,跟她讲话很吃力。金顺姬在瓦堆跟前走来走去,一句话也不讲。我们的谈话她都听见了。我找不到别的人。老大娘讲来讲去都是那几句。她后来就爬到瓦堆上头去了。我也只好把金顺姬带走。小姑娘上车以前一直在发楞,上了车忽然伤心地哭起来。我劝她,哄她,都没有用。她要她的妈。她哭了半个多钟头,就在车上睡着了。我把车子开到家,她才醒过来。第二天我向我们主任报告了经过的情形。主任教我把金顺姬送到文工团去。她在文工团女同志那儿住了一个多月,人也长胖了。我昨天晚上送李部长到开城。我们主任教我把金顺姬送回她外婆家去。巴同志,你想不到,小姑娘上车的时候,文工团那些女同志都哭了。小姑娘对她们才亲热嘞!她上了车又跳下去。她学会了好些中国话,会唱中国歌,喊'阿姨'才喊得亲热嘞!那些女同志每人送她一样东西。她们还给她缝衣服、做脸帕口袋。她带走了整整一个包袱的东西,都是大家送给她的。我把她送到她外婆家,跟她分手的时候,她拉住我的手拚命喊'老吴叔叔',不让我走开。她说中国话接连说了几次:'我要走到你们那里去。我要去看阿姨,看叔叔。'她哪儿会走得到?那么远的路,她连地点也搞不清楚!李部长在车上等我。我只好咬紧牙齿甩脱她的手,跑到车子跟前。我一路上听见她哭着喊'老吴叔叔,'我心里头真不好过,我差一点儿也流出眼泪来了。昨天到了开城,我一晚上尽做梦,闭上眼睛,就看见金顺姬拉住我的手不放我走。我从来不是这样。……"

小赵听得出神了,我无意地看到他两次揉眼睛。老吴的两道浓眉又连在一起了。这一次那个出色的"一"字显得有点可怕,因为在它下面还有一对熬红了的眼睛。

"老吴,你这样不行啊。睡不好觉,开起车来会出事故的!"小赵不等老吴讲完,关心地打岔道。

老吴忽然把头一扬,出乎我意外地笑了笑。他回答小赵道:"小鬼,你放心,我不会像你那样婆婆妈妈的。一两晚上睡不好觉,也是寻常的事。我又不是一块石头,怎么能不动感情?你哪天回去,到文工团一问就明白。哪个不夸金顺姬好!"

小赵静静地听老吴讲话,他满意地点着头。他的脸正朝着院子,他听见外面的人声,抬起头一看,连忙低声对我说:"李部长来了!"我们三个都走出屋子,到廊上去迎接这位新来的客人。

"你来找你的小同乡摆龙门阵,是不是?"身材较高的李部长看见老吴穿好了鞋子站在廊下,便开玩笑地说。老吴带笑答应了一个"是"字。等到李部长走上木廊跟我握手的时候,他就悄悄地走出了院子。

六

这以后我就没有再见到老吴。过了三天我离开开城的时候，小赵也动身回兵团去了。我在几个连队中间住了四个多月，见到也听到不少可歌可泣的英雄事迹，却始终不曾听见人提过老吴的名字。老吴送给我的"白锡包"纸烟，我只抽了十多支，每次点燃一支捏在手指间，我自然而然地想起了我那位一见如故的小同乡。我在连队里打听不到他的消息，可是我没有丝毫的焦虑。我相信回到兵团我就有机会同他见面。

果然我回到兵团，在政治部住了一个星期，后来开车送我回国的司机同志又是老吴。

政治部主任不在家，仍然是李部长送我上车。我们走到山沟口小吉普跟前，我看见老吴从驾驶台上跳下来，心里一喜，便唤声"老吴同志！"，他马上跑过来笑嘻嘻地紧紧捏住我伸出去的手。

"你们又可以大摆龙门阵了，"李部长望着老吴带笑说。

老吴放了我的手，愉快地笑着回答李部长道："首长，我跟巴同志几个月不见了，路上总要讲几句话嘛。不过请首长放心，我保证把巴同志安全送回祖国！"

"那就好。不过记住路上少吹牛啊，"李部长点了点头嘱咐他道。

"首长晓得我这个脾气，就不要紧了，"老吴得意地笑道。

车子开出了山沟。我仍然坐在驾驶台旁边的前座上。一阵一阵的秋风吹过，我感到很舒适。崭新的棉大衣穿上了身，我觉得十分暖和。我跟老吴交谈起来。老吴起初谈话较多，他问起我这几个月的情况，也谈了谈他自己的一些事情。我才知道他三个月前回国治过病。再一问，他便告诉我他回国去把左腿上那颗枪子取出来了。我奇怪，为什么连那个对他极感兴趣的小赵也不曾提起子弹的事？

"这种小事情我没有让小赵晓得。不然，他又会讲开了。现在腿好了，跟好人完全一样。以前天气变的时候，还有点隐隐的痛，"他带笑解释道。

他还告诉我，他得到他女儿的相片了。"肥胖肥胖的。不像我，像个大冬瓜！"从他的声音里我听出了头一次做父亲的人的喜悦。

可是天黑以后老吴就闭上嘴了。车子不开灯在山中间转来转去。我看得出他很小心地望着前面那块挡风玻璃,又很注意地倾听空中的机声。时时有枪响。有些迎面过来的嘎嘶车刚刚开灯,立刻又关上了。爆炸声时起时落,火光时隐时现。有一次老吴开足马力在一排照明弹下面冲过那个给照得雪亮的封锁口。这是我在朝鲜度过的一个极不安静的夜晚。说实话,我有些紧张。可是老吴仍然很镇静。他后来居然小声唱起了文工团编的那首歌《飞罢,英雄的小嘎嘶!》,他的嗓子听起来并不悦耳。然而他的声音里有一种能鼓舞别人的自豪感。

深夜一点多钟,车子才停了下来。旁边有几棵大树和几间茅屋。老吴跳下车,轻松地笑道:"巴同志,以后没有问题了。这儿是明德里加油站,我找个地方,你好好睡一觉罢。明天可以白天开车。"他便跑到一家茅屋前去敲门。等到我搬下了铺盖卷,他已经找好住处回来接我了。老大娘让给我们半间屋子。我们摊开铺盖倒下去,我刚刚闭上眼,就睡着了。

我一觉睡到第二天上午八点,老吴已经做好早饭了。米和新鲜蔬菜,还有鸡蛋粉和罐头肉,都是从兵团带来的。真正的成都味,还有辣椒。我们吃了早饭，打好铺盖卷，搬上车去。九点钟我们的小吉普开出了明德里，得意地跑上阳光照耀下的公路。老吴浑身是劲，心情舒畅地摆动方向盘，唱着《飞罢，英雄的小嘎嘶!》。看他满脸的笑容，听他轻快、喜悦的声音，我觉得他的心好像已经飞起来了。我觉得我的心也跟着飞起来了。车子就这样顺利地将一座一座的高山和一条一条的公路抛在后面，不停地前进。我们中途在一个农家做过了晚饭，把剩下的一点米和罐头肉送给那位善良而热情的女主人；我们还在一片瓦砾的龟城住过了一晚，一位和善、好客的老大爷把他屋子的地炕让出一半来，他同我们睡在一起。

早晨八点半以前，老吴又欢喜又骄傲地把车子开过鸭绿江桥。江水依旧碧绿、平静，连微浪也没有。大半年前我过江入朝的时候，日记里有这样的话："江桥是炸毁后修复的，伤痕尚在。"现在桥身焕然一新了，回到分别了七个月的祖国，我觉得土也是很香的。

老吴把我送到兵团留守处。我在那里受到了亲切的招待。同志们还给我安排了一个整洁的房间。

我和老吴在一起吃过了早饭，还想找他谈谈，可是他一晃就不见了。我到院子里去找他。那辆满身尘土的小吉普已经洗得干干净净，却不见老吴的影子。我回到那个小房间，看见老吴的"脸帕口袋"仍然放在窗前小方桌上，旁边还有一本前不久才出版的《朝鲜通讯报告选》。我拿起书来翻了几下，看见书上有很多用红色铅笔画的大圈小圈，我想，他看书这样用功，倒比我强多了。我知道还有机会看见老吴，也就放了心。方桌两旁各有床一张，被单和铺盖都是新的。我便在一张床上躺下。我早晨三点半起身，在车上颠簸了几个钟头，下了车又忙了这一阵子，也感到一点倦意。因此连我自己也没有料到躺下去就睡着了，而且睡得很熟，睡得很久。我一觉醒来，发见桌上的"脸帕口袋"不见了。书也不见了。我连忙跑出去找老吴，院子里也不见了那辆小吉普。我问别人，听说老吴的车子早已过了鸭绿江。我正奇怪他为什么不辞而别，无意间看手表，才知道我整整睡了五个多钟头。

　　我只得失望地回到小房间。我忽然在方桌上看见一张写了字的信纸，便拿起它来。我首先看到的

是"吴万山"的署名。我激动地念完了信:

巴同志:我就要开车过江了。我来向你告别,看见你睡得很香,不敢叫醒你。我路上没有好好地照应你,请你原谅。我已经见到马主任。留守处派人去买车票,晚上送你上车,请你放心。祝你顺利回到上海。请你保重身体。希望你再来朝鲜,再来我们部队。希望你常来信。致
革命的敬礼!

吴万山 即日

七

我反复地回忆有关老吴的那些事情,花了整整大半天的时间。我好像又回到八年前去了。

我回到上海不久跟老吴去过一封信,说几个月后我要再去朝鲜,重到他们的部队。他寄来一封回信表示欢迎,还告诉我他们部队的一些胜利消息。这就是我跟老吴最后的联系了:一年以后我才再去朝鲜,我访问的又是另一个部队,在那里没有人知

道老吴的事情。虽然我不曾忘记这个朋友，可是我已经八年没有听到"吴万山"这个名字了。只是在我从朝鲜带回的大堆材料、报纸、笔记和信函的中间，还有一样老吴留下的东西："白锡包"纸烟壳。这个不值钱的"纸烟壳"教我常常记起过去的那一段生活来。

想不到我居然在成都碰到了他！我多么急切地等着他来，我真想跟他长谈！

我等了整整大半天，又等了一个整天，却始终不见老吴的影子。我打算再等个半天，下午就出去到派出所或者医院打听他的消息。可是就在第三天清早我刚刚洗好脸，正在喝茶，听见有人走上楼来，我马上放下茶杯，转过身去。我还以为上来的又是送信人。忽然一个陌生的女人声音在门外说："巴同志在家吗？"我连忙走到外屋，一面说："在家，请进来。"

站在门外的女人走进外屋来了。我的头一个印象是她身材高大。其实她也不过比一般的本地女人稍微高些，宽些。她有一张黑红黑红、长得很丰满的椭圆脸，一头又黑又厚、齐到后颈的短发，两片厚厚的、红红的嘴唇，一对不大不小、又黑又亮的眼睛。她一进来，便向我深深地点一个头，带笑说："我叫王巧英，吴万山要我带个口信来。"其实她不讲出姓名，我也猜到了她是谁。八年前小赵讲的那些话一下子又回到我的脑子里来了。

"原来是吴大嫂，请坐罢，"我兴奋地说，一面拿起热水瓶给她泡茶。

"我不吃茶。我还有事情，就要走的，"她客气地说，可是我已经把茶杯放到外屋正中那张小圆桌上她的面前了。她接过茶杯，说了两声："多谢，"就在长方凳上坐了下来。

我坐在她的对面，客气地说："多坐一会儿罢。"我又关心地问："老吴伤得怎样？他还在医院吗？"

王巧英同志答道："他昨天就回家了。他的伤不要紧，养几天就会好的。他教我来问巴同志明天有没有空。他自家不能来看你，想请巴同志到我们东风公社去看看。顺便到我们屋里坐坐，吃杯茶。他说巴同志还没有见过我们的女娃子。"

"吴大嫂，我有空。我明天一定来。我上午就来。我很想看见老吴,也很想看见你们一家人。"我爽快地答应下来了。"不过我不晓得到你们那里怎样走法。"

"我们把路线都画好了,请巴同志看看。公社的地点、搭哪一路公共汽车,都写得很明白。"她说着就从棉大衣的口袋里掏出一个笔记本来,把夹在书中的一张纸递给我,周到地问:"巴同志看得清楚吗?"

"看得清楚。我明天吃过早饭搭公共汽车来,"我连忙答道。

"我明天就在汽车站等巴同志,"她满意地说,就站了起来。

"吴大嫂,再坐坐罢。你明天不用等我,我有了路线图就找得到。"我客气地挽留她。

她带点歉意地笑了笑:"我要去听报告,不能坐了。巴同志,我明天上午九点半钟在汽车站等你。多谢你啊,你肯到我们那儿去,吴万山一定高兴死了。他常常讲起你们在朝鲜的事情。"她带笑地离开了小圆桌。我看见留不住她,只好陪她走出去。

我们走到楼梯口,她侧过脸对我说:"巴同志,请不要下楼了，我骑车子来的。"她马上加快步子下楼去了。我当然也跟着她下了楼。

小楼门前台阶上栏杆旁边果然有一辆女式自行车。王巧英同志推动车子下台阶的时候，我忽然想起一件事情，顺口问道："吴大嫂，你们公社的社长是哪个？是不是老吴同志？"

她侧过脸看了我一眼，很大方地含笑答道："我是社长，吴万山管农县修配厂。他五八年底才回来。上级本来留他在外面工作，他几次打报告要求回农村搞生产，后来就批准了。他爱管事，一天总闲不住。他去年搞出了几样新的东西，还得到省里的奖励嘞！最近他正在动脑筋，说要搜集旧材料、旧零件，给我们公社装一部卡车。他爱搞，就让他搞嘛，横顺不花公家一个钱……"

她一面走一面讲话，我在旁边注意地听。她推着自行车慢慢地从院子里走上了石板铺的门道。我抢先走到前面，把那两扇整天掩着的黑漆大门打开，送她出了门。她跟我握了手告别，正要跨上车子，我忽然又问："吴大嫂，老吴同志高兴的时候，是不是还爱唱歌？"

她诧异地看了我一眼，好像感到兴趣地笑了笑，然后大声说："他啊，就是那个脾气，一天从早笑到晚，唱来唱去都是那个《飞罢，英雄的小嘎嘶！》。现在连我们的女娃子也会唱了。他说他在朝鲜就爱唱那个歌。他将来还要给我们公社开车子运东西嘞！"她跨上了车，说声："巴同志，再见！你明天一定来嘛！"就蹬着车轮朝右边走了。车子跑得很快，一霎眼间就转了弯不见了。我的眼睛马上失去了那个非常鲜明的深蓝色背影。她真像飞去了一样。

　　我在大门口站了许久。我在等她回来吗？不是。我在等老吴来看我吗？更不是。我在抓回刚才那段短短的时间。我在回忆她那几句话。我在倾听老吴爱唱的那个歌《飞罢，英雄的小嘎嘶！》。我仿佛看见老吴开着他自己装配的卡车在东风公社的大马路上飞跑，飞跑！

　　"飞罢，英雄的小嘎嘶！……"我不知不觉地用我的左嗓哼了起来。

1961 年 8 月 15 日在黄山

★

后　记

　　从去年八月到今年八月这一年中间,我写了七个短篇,都是与中国人民志愿军有关的,或者更可以说,都是怀念我所敬爱的英雄朋友的文章。我写这些小说,似有一种"重温旧梦"的感觉。我写的虽是别人和别人的事情,可是我自己也在小说里面生活。我执笔的时候,好像回到了九年前那些令人兴奋的日子,见到了那许多勇敢而热情的友人。我多么想绘出他们的崇高的精神面貌,写尽我的尊敬和热爱的感情。然而我的愿望和努力到了我的秃笔下都变成这些无力的文字了。我希望得到读者们的宽容和原谅。

　　我将去年写的散文《朝鲜的梦》作为短篇集的

"代序",放在卷首,并无深意。但是我要说,我这七篇小说都是接着《朝鲜的梦》陆续写下来的,而且都贯串着同样的感情。有些话我在小说里没有说或者说而意未尽,在"代序"里可能找到。

我很高兴在朝鲜解放十六周年的伟大节日后四天编好了这个短篇小说集。

巴 金
1961年8月19日于黄山紫云楼

图书在版编目（CIP）数据

李大海：巴金先生诞辰一百二十周年纪念版 / 巴金
著. — 上海：上海文艺出版社，2024
 ISBN 978-7-5321-8625-9

Ⅰ.①李… Ⅱ.①巴… Ⅲ.①中篇小说—小说集—中国—现代②短篇小说—小说集—中国—现代 Ⅳ.
①I246.7

中国国家版本馆CIP数据核字(2023)第040050号

发 行 人：毕　胜
策　　划：巴金故居
责任编辑：胡曦露　张诗扬
封面设计：陈　楠

书　　名：李大海：巴金先生诞辰一百二十周年纪念版
作　　者：巴　金
出　　版：上海世纪出版集团　上海文艺出版社
地　　址：上海市闵行区号景路159弄A座2楼 201101
发　　行：上海文艺出版社发行中心
　　　　　上海市闵行区号景路159弄A座2楼206室 201101 www.ewen.co
印　　刷：浙江中恒世纪印务有限公司
开　　本：787×1092　1/32
印　　张：8.375
插　　页：5
字　　数：118,000
印　　次：2025年1月第1版　2025年1月第1次印刷
Ｉ Ｓ Ｂ Ｎ：978-7-5321-8625-9/I.6793
定　　价：68.00元
告　读　者：如发现本书有质量问题请与印刷厂质量科联系　T:0571-88855633